Systemfehler

Die Münchner Autorin A.R. Klier hat ihre ersten Gehversuche schon zu Schulzeiten gemacht: Insgesamt drei Mal nahm sie am KWA-Schülerliteraturwettbewerb teil und wurde 2012 für die Kurzgeschichte *Einsame Familie* mit dem ersten Preis ausgezeichnet.

Seither hat A.R. Klier sich den Medizinkrimis der *Fehler*-Reihe rund um die Assistenzärzte Frederik Hendriksson und Niklas Thorsen gewidmet, die bereits fünf Einzelbände umfasst. Weitere *Fehler*-Krimis sind in Arbeit.

Mit der *Bühnenfieber*-Reihe bleibt A.R. Klier ihrer Liebe zur Medizin weiterhin treu, sodass das Theater-Drama eine weitere, spannende Note bekommt. Mit Hauptfigur Christian Rückert ist bisher 1 Band veröffentlicht, weitere Teile sind in Vorbereitung.

Mehr über die Autorin unter:
www.ar-klier.com
www.facebook.com/AutorinAndreaKlier/
www.instagram.com/a_r_klier

A.R. Klier

Systemfehler

*Bibliografische Information der Deutschen National-
bibliothek:
Die Deutsche Nationalbibliothek verzeichnet diese
Publikation in der Deutschen Nationalbibliografie,
detaillierte bibliografische Daten sind im Internet
über http://dnb.dnb.de abrufbar.*

*Autorenfoto: Tobias Fischer
Umschlaggestaltung: Bernhard Klier*

*Herstellung und Verlag:
BoD – Books on Demand, Norderstedt*

ISBN: 978-3-7562-1227-9

Kapitel 1

Es dämmerte bereits, dabei war der Nachmittag noch gar nicht vorüber. Die Tage waren inzwischen merklich kurz geworden in Hamburg, doch das war zu Beginn der Vorweihnachtszeit keine große Überraschung. Eisiger Wind und Schneeregen hatten die Hansestadt seit ein paar Tagen in festem Griff und sorgten immer wieder für spiegelglatte Straßen und Fußwege.

Trotz der ungemütlichen Witterung war eine Person in dunkelgrauer, weitgeschnittener Laufkleidung in Hamburgs teurer Wohngegend Harvestehude unterwegs. Eigentlich hätte der Späher heute deutlich früher in dieser luxuriösen Wohnanlage sein wollen, doch andere Verpflichtungen hatten ihn aufgehalten. Gut eine halbe Stunde Zeit blieb ihm nun, bevor die ersten Bewohner nach Hause zurückkehrten.

Der Späher ließ den Blick aufmerksam schweifen und quetschte sich schließlich leise in eine schmale Lücke zwischen Hauswand und der Hecke aus Scheinzypressen, die ihn selbst im Winter gut vor neugierigen Blicken schützte. Zudem verbargen die Pflanzen perfekt die Abhörvorrichtung, die er dort schon vor Monaten installiert hatte. Auch heute diente sein Besuch in erster Linie der Überprüfung der Stromversorgung und dem Austausch des Datenträgers, den er gleich heute Abend auswerten würde.

Angesichts der Witterung und der Uhrzeit verließ der

Späher seinen Posten nach erledigter Arbeit sofort wieder und joggte zurück zur Hauptstraße, wo er sein Auto vorhin zurückgelassen hatte. Hoffentlich besserte sich das Wetter bald, damit er sein Beobachtungsobjekt wieder vor Ort studieren konnte und nicht nur auf die Audio-Aufnahmen angewiesen war.

Der einsetzende Feierabendverkehr bremste den Späher aus, dann erreichte er endlich seine Wohnung und konnte die Aufnahmen auf seinen Laptop kopieren. Ungeduldig sah er auf den Statusbalken des Kopiervorgangs, stand auf und schob mit knurrendem Magen eine Tiefkühlpizza in den Backofen. Der Wecker für die Backzeit war rasch eingestellt, sodass der Späher an seinen Schreibtisch zurückkehrte und sein Notizbuch aufschlug, in dem er alle wichtigen Informationen und Beobachtungen dokumentierte.

»Montag, 3.12., 17:24 Uhr«, notierte der Späher in die erste Zeile der neuen Seite.

Endlich war der Kopiervorgang abgeschlossen, sodass der Späher rasch seine Kopfhörer mit dem Laptop verband und sich dann im Stuhl zurücklehnte.

Den Anfang der aktuellen Aufnahme markierten wie schon so oft Pianoklänge. Diesen Teil konnte der Späher gefahrlos überspringen, denn die Pianistin ließ sich bei ihren exzessiven Übungseinheiten durch nichts und niemanden stören.

Was eigentlich die Nachbarn zu dieser Lärmquelle in dieser Erdgeschosswohnung sagten? Störte es niemanden, dass bis zu acht Stunden täglich geübt wurde?

Egal, das war nicht sein Problem, im Gegenteil. Die Aufnahmen waren dadurch einfacher auszuwerten.

»Nur vier Stunden? Da wird aber jemand nachlässig«, bemerkte der Späher ironisch, als er endlich am Ende der Übungssession angekommen war. Kurz sah er auf den Timer am Backofen und lehnte sich dann wieder im Stuhl zurück. Eine weitere halbe Stunde Aufnahmezeit konnte er problemlos überspringen, in der nur in der Wohnung herumgeräumt wurde. Erst das Klingeln des Telefons ließ den Späher wieder aufmerksam die Ohren spitzen.

»Andersen?«, meldete sich die Konzertpianistin und war aufgrund ihrer Position in der Wohnung hervorragend auf der Aufnahme zu verstehen. »Frederik! Das ist aber schön, dass du zurückrufst.«

Ein Anruf von Frederik, das hatte es schon eine ganze Weile nicht gegeben. Der letzte lag fast vier Wochen zurück, wie der Späher in seinen Notizen nachlesen konnte.

»Ja, genau, ich wollte wissen, wann du denn jetzt nach Hamburg zurückkehrst und wie deine Pläne rund um Weihnachten und Silvester aussehen«, stellte Victoria Andersen fest.

Angespannt lauschte der Späher.

»Nein, ich bin nicht auf Konzertreise. Ich habe Oliver und Julian versprochen, die Feiertage als Familie auf dem Gestüt zu verbringen. Deswegen warten wir alle ja so gespannt darauf, ob und wenn ja, wann du in Hamburg ankommst.« Sie räusperte sich. »Okay, das klingt gut. Soll dich dann jemand vom Bahnhof abholen und mit zum Gestüt nehmen? Mit großem Gepäck ist die Strecke im Auto deutlich einfacher.«

Ein Lächeln tauchte auf den Lippen des Spähers auf. Endlich kehrte Frederik Hendriksson zurück.

Die Frage war nur, wann genau?

»Nein, das ist kein Problem«, versicherte Victoria Andersen. »Dann hole ich dich nächste Woche Montag an der Haltestelle Dammtor ab. Ich habe bis fünfzehn Uhr berufliche Verpflichtungen und sollte dann bis halb Vier pünktlich am Bahnhof sein. Falls sich der Zug verspätet, meldest du dich dann einfach.«

Das Lächeln des Spähers wurde noch eine Spur breiter, als er aufstand und seine Pizza aus dem Ofen holte. Dank der kabellosen Kopfhörer musste er die Wiedergabe der Aufnahme nicht einmal unterbrechen.

»Ich freue mich, dich nächste Woche wiederzusehen, Frederik. Genieß die Tage noch mit Onkel Karl und richte ihm meine Grüße aus.« Victoria beendete das Gespräch kurz darauf.

»Na, das sind ja wohl die Neuigkeiten der Woche«, kommentierte der Späher und rief das Buchungsportal der Bahn auf, um die Zugnummer herauszufinden.

Je mehr Informationen er führzeitig verfügbar hatte, desto besser. Informationen waren Macht, das hatte sich im vergangenen Jahr immer wieder bewahrheitet. Endlich neigte sich die reine Beobachtungs- und Planungsphase dem Ende zu. Es war an der Zeit, zur Tat zu schreiten. All das rückte nun in greifbare Nähe, da das Objekt der Begierde wieder in Reichweite war.

Kapitel 2

»Du hast echt einen Lauf. Zwei große Prüfungen innerhalb eines Jahres erfolgreich abzulegen, da gehört einiges dazu, mein Lieber.« Maximilian Vollmer umarmte seinen Freund und Kollegen Niklas Thorsen. »Herzlichen Glückwunsch zur erfolgreichen Weiterbildung zum Notarzt.«

Niklas schmunzelte. »Nach dem beschissenen letzten Jahr musste es einfach mal wieder bergauf gehen«, meinte er und zog die Einsatzjacke aus.

»Hängt dir das noch sehr nach?«, wollte Maximilian nachdenklich wissen. »Ich meine, ich habe diesen psychischen Zusammenbruch im Sommer ja selbst miterlebt, aber davon abgesehen ... wie geht es dir inzwischen?«

»Der Jahrestag vom Ende dieses ganzen Skandals ist in wenigen Tagen, das wird glaube ich schon nochmal sehr intensiv«, gab Niklas zu und setzte sich an den zweiten Computerarbeitsplatz. »Freja und Elina geben mir allein durch ihre Anwesenheit viel Halt, dazu habe ich vieles mit meiner Psychologin aufgearbeitet. Abgeschlossen ist die Therapie noch nicht, aber ich denke und hoffe, dass es nach diesem blutigen Jahrestag endlich etwas leichter wird.«

»Das, was ich aus den Medien mitbekommen habe, war schon ziemlich heftig. Ich glaube, das steckt niemand so ohne weiteres weg.« Maximilian musterte ihn mitfühlend. »Sag Bescheid, wenn ich dir irgendwie helfen kann. Und sei es nur durch Zuhören.«

»Danke.« Niklas schob die aufkommenden Erinnerungen wieder beiseite. »Für den Moment hilfst du mir schon mal mit der Dienstplanung. Mit Professor Schneider ist abgestimmt, dass ich an zwei Tagen pro Woche als Notarzt unterwegs sein werde und meine Zeit hier auf Station beziehungsweise im OP entsprechend gekürzt wird. Sollte es personelle Engpässe geben kann ich natürlich jederzeit aushelfen.«

»Du verlässt mich für zwei Tage pro Woche?«, seufzte Maximilian theatralisch. »Bald bin ich allein mit den Anfängern, wenn ihr so weiter macht.«

»Gibt es eigentlich Neuigkeiten, ob und wann Christian wieder zurückkommt?« Niklas runzelte die Stirn, denn der launische Oberarzt war schon seit August nicht mehr in der Klinik gewesen. »Was macht er eigentlich die ganze Zeit? Ich hoffe doch nicht, dass er neue Möglichkeiten trainiert, mit denen er mich fertigmachen kann.«

»Wenn er weiter Kindergarten spielen möchte, wird er gehen müssen, das hat Professor Schneider schon gesagt. Angeblich kommt Christian Anfang nächsten Jahres zurück, er ist wohl nach seinem Urlaub direkt zu einer längeren Weiterbildung gereist. Keine Ahnung, was es damit auf sich hat, Professor Schneider wollte das nicht vertiefen.« Maximilian Vollmer nahm den Dienstplan von der Tafel. »Ich sehe mal zu, wie ich die Schichten umgeplant bekomme. Genügt dir der neue Plan bis Ende der Woche?«

»Lass dir Zeit, du hast doch in zehn Minuten Feierabend.« Niklas stand auf. »Kommst du noch auf einen

Absacker mit zu mir? Elina freut sich bestimmt, dich wiederzusehen.«

»Zu deiner Tochter kann ich nicht *Nein* sagen, das weißt du.« Maximilian lachte und hängte den Dienstplan zurück an die Magnettafel. »Dann sehen wir uns gleich bei dir? Ich mache noch das Übergabegespräch mit Doktor Lucas.«

In seiner Wohnung wurde Niklas sofort vom fröhlichen Gebrabbel seiner Tochter begrüßt, die mit ihren fünf Monaten ihre Umgebung immer bewusster wahrnahm.

»Wenn man mal überlegt, wie unser Alltag vor einem Jahr ausgesehen hat«, stellte Freja kopfschüttelnd fest und ging voran in die Küche, Niklas folgte ihr mit Elina auf dem Arm.

»Auf der Flucht in Schweden ... aber wir hatten uns. Ansonsten hätte ich diese Zeit nicht so gut überstanden.« Niklas gab seiner Frau einen zärtlichen Kuss.

»Isst Maximilian eigentlich mit oder ist er versorgt?«, wollte Freja wissen und holte Töpfe aus der Schublade. »Das ist kein Problem, aber dann sollte ich entsprechend mehr Nudeln kochen.«

»Mach eine Portion mehr, die nehme ich im Zweifel morgen mit und wärme sie mir in der Mittagspause auf«, schlug Niklas vor und setzte sich an den Tisch, Elina nahm er auf den Schoß.

»Mittagspause?«, schmunzelte Freja. »Der war gut.« Auch Niklas lachte. »Ich weiß, ich weiß. Aber ich werde mich bessern«, versprach er. »Und lecker gekochtes Essen von dir ist immer noch das beste Argument für eine richtige Mittagspause.«

Maximilian Vollmer erreichte die Wohnung seiner Freunde gerade rechtzeitig, als das Essen fertig war.

»Entschuldigt, aber Marina hat mich mit der Übergabe ein wenig versetzt.« Er zog sich Schuhe und Mantel aus und begrüßte Freja dann mit einer freundschaftlichen Umarmung. »Das duftet ja gut, ihr habt nicht zufällig eine Portion übrig?«, fragte er unschuldig.

»Das war es dann wohl mit deinem Mittagessen morgen«, neckte Freja ihren Mann und lachte. »Ich habe extra etwas mehr gekocht. Setz dich, wir können gleich beginnen.«

Während des Essens herrschte angenehmes Schweigen in der Küche, vor allem die beiden Ärzte waren wie ausgehungert über ihre Mahlzeit hergefallen.

»Während seiner Elternzeit habe ich Niklas so schön an einen geregelten Alltag mit regelmäßigen Mahlzeiten gewöhnt. Keine drei Wochen später ist er wieder in seinen alten Gewohnheiten angekommen«, seufzte Freja. »Und so wie ihr beide esst hattet ihr keine sonderlich große Mittagspause, mhm?«

»Ich hatte Prüfung«, erklärte Niklas und holte sich noch einmal nach. »Und davor stand ich im OP.«

»Und ich habe nur operiert.« Maximilian schmunzelte. »Verstehe ich dich richtig, wenn Niklas so weitermacht, wirst du ihm einen zweiten Block Elternzeit auferlegen?«

»Das ist gut möglich.« Freja sah zwischen den Männern hin und her. »Irgendwie muss ich ihn ja wieder auf ein normaleres Level bekommen. Und Elina ist da wirklich eine großartige Unterstützung.«

»Habe ich denn gar nichts zu sagen?« Niklas seufzte

dramatisch. »Siehst du, wie es mir hier geht? Mir bleibt gar keine andere Wahl, als zu arbeiten.«, klagte er Maximilian sein Leid.

»Väter und ihre Töchter, das ist schwer zu toppen«, stichelte Max und legte sein Besteck ordentlich auf den Teller. »Heißt das also, du nimmst noch einmal einen Block Elternzeit so wie dieses Jahr? Oder war das mehr dahingesagt?«

Niklas tauschte einen langen Blick mit Freja. »Ich habe die Zeit mit meiner Familie sehr genossen und kann mir gut vorstellen, noch einmal Elternzeit zu nehmen. Vielleicht rund um Elinas ersten Geburtstag, aber das müssen wir sehen.«

»Puh, dann stehe ich zumindest nicht nächsten Monat allein mit den Anfängern da. Das ist schon eine Erleichterung«, atmete Maximilian auf und lachte. »Vielleicht bekomme ich bis dahin ja wieder fachärztliche Unterstützung, damit ich über deine zeitweise Abwesenheit besser hinwegkomme.«

Elinas lautstarke Bemerkung, dass sie nun ebenfalls Hunger hatte, war schließlich Maximilians Signal zum Aufbruch.

»Wir sehen uns morgen in der Klinik«, verabschiedete er sich von Niklas im Flur. »Macht euch noch einen schönen Abend und stoßt auf deine bestandene Prüfung an. Das hast du dir verdient.«

Lächelnd schloss Niklas die Tür hinter seinem Freund und folgte Freja in das Schlafzimmer, wo sie Elina inzwischen zu stillen begonnen hatte.

»Das war ein lustiges Abendessen«, bemerkte Freja, ohne den Blick von ihrer Tochter zu wenden. »Und ich freue mich, dass du über eine zweite Elternzeit nachdenkst. Das tut uns als Familie bestimmt gut.«

»Sie ist meine Tochter. Und ich will an ihrem Leben und ihrer Entwicklung teilhaben«, stellte Niklas fest. Langsam kam er näher und setzte sich schließlich auf die Bettkante. »Wie sehen denn deine Pläne aus? Hast du dir schon Gedanken dazu gemacht, wann du in deinen Job zurückkehren möchtest?«

Freja ließ sich Zeit mit ihrer Antwort und dachte erst eine ganze Weile darüber nach. »Ich habe den großen Luxus, dass ich wegen deines Jobs nicht zwingend sofort in den Job zurückkehren muss. Dein Gehalt reicht für uns drei leicht, deswegen habe ich mir über das Ende meiner Elternzeit noch keine allzu großen Gedanken gemacht. Dass ich wieder arbeiten möchte, wenn Elina etwas älter ist, steht für mich außer Frage.«

»Ich verstehe, was du meinst.« Niklas lächelte und glitt mit seiner linken Hand über Frejas Unterschenkel. »Wir werden eine Lösung finden, wenn du bereit dafür bist. Und bis dahin genießen wir einfach die Zeit als Familie, so wie wir uns das vor einem Jahr in Schweden ausgemalt haben, als wir den positiven Schwangerschaftstest in den Händen gehalten haben.«

Kapitel 3

Die erste lange Zugfahrt mit Baal war für Frederik überraschend unkompliziert vorübergegangen. Der junge Hund hatte die meiste Zeit über geschlafen und war erst in der letzten Dreiviertelstunde der Reise zunehmend unruhig geworden.

»Wir sind gleich an der frischen Luft«, redete Frederik Baal gut zu und nahm den Rucksack auf den Rücken.

Der ICE verringerte bereits die Geschwindigkeit, sodass Frederik den großen Koffer zum Ausstiegsbereich vor sich her schob, Baal folgte ihm an der Leine.

Anklagend sah der junge Hund sein Herrchen an.

»Ich weiß, das mit dem Maulkorb ist Mist«, gab Frederik ihm recht. »Aber das sind nun mal die Regeln, nachdem du schon zu groß für so eine Transportbox bist.« Beruhigend streichelte er Baal über das Fell, als vor dem Fenster bereits der Bahnsteig auftauchte. Das Ende dieser großen Reiseetappe war nah.

Mit einem großen Satz sprang Baal aus dem Zug und sah sich sofort um, seine Ohren zuckten aufmerksam.

»Jetzt müssen wir nur noch Mama finden und dann kannst du vor dem Gebäude erstmal in die Büsche, mhm?« Frederik schlang sich die Leine ein zweites Mal um das Handgelenk und hielt Ausschau nach seiner Mutter, die ihn bereits entdeckt hatte und auf ihn zu gelaufen kam.

»Es tut so gut, dich wiederzusehen!« Victoria Andersen drückte ihren jüngsten Sohn fest an sich.

»Ich freue mich auch.« Frederik lächelte. »Macht es dir etwas aus, unser Wiedersehen vor dem Gebäude weiterzufeiern? Baal muss langsam dringend …«

»Klar.« Neugierig betrachtete Victoria den neuen Begleiter ihres Sohnes, der inzwischen ungeduldig an der Leine zog.

Nach einer guten halben Stunde Auslauf für Baal drängte Frederiks Mutter schließlich zum Aufbruch, um die restliche Reise nicht durch den einsetzenden Berufsverkehr unnötig in die Länge zu ziehen.

»Er erinnert mich an Kira«, stellte sie mit Blick in den Innenspiegel fest und lenkte den Wagen in den Norden von Hamburg. »Sie war auch ganz unkompliziert auf Reisen und ist sogar recht gern im Auto mitgefahren.«

»Onkel Karl und ich haben die beiden Welpen schon früh daran gewöhnt. Und ich glaube, es hat ihnen geholfen, dass sie das halbe Jahr zusammen hatten und sie nicht sofort getrennt wurden.« Frederik sah ebenfalls auf die Rückbank, doch Baal wirkte entspannt.

»Ein neuer Begleiter in deinem Leben tut dir auf jeden Fall gut. Und das muss ja nicht immer ein Mensch sein«, bemerkte Victoria Andersen noch und lächelte. »Manchmal sind Tiere ohnehin die bessere Gesellschaft.«

»Du meinst, weil Menschen grausam sind und am meisten denen wehtun, die sie lieben?« Frederik räusperte sich. »Da kommen einige Beispiele in Frage, aber das müssen wir ja nicht jetzt vertiefen.«

Frederiks Brüder Julian und Oliver bereiteten gemeinsam bereits das Abendessen vor, sodass der ganze
Wohn-Ess-Bereich verführerisch nach Bratkartoffeln
mit Speckwürfeln duftete.

»Du bekommst auch gleich etwas und musst uns nicht
hungrig beim Essen zusehen.« Frederik zog sich die
warmen Winterschuhe aus und hängte seine Jacke an
den Haken. »Erst einmal gehst du ohnehin auf Entde-
ckertour, mhm?«

Baal sah ihn nur kurz an und zerrte an seiner Leine.

»Nach der Tour kommt die Leine ab, ich kenne dich
doch«, schmunzelte Frederik und wurde so von Baal
geradewegs zu seinen Brüdern gezogen.

Sie alle hatten sich viel zu erzählen, sodass sie das Gespräch nach dem Abendessen kurzerhand auf das Sofa
verlegten und es sich gemütlich machten.

»So, das reicht jetzt aber«, wehrte sich Frederik la-
chend gegen weitere Nachfragen. »Erst bin ich mit ein
paar Fragen an der Reihe.«

»Schieß los.« Julian stand auf und holte vier Flaschen
Bier aus dem Kühlschrank.

»Habt ihr seit Sommer nochmal von Caroline gehört?
Nachdem sie unsere Trennung alles andere als gut aufgenommen hat, frage ich mich, ob da noch etwas
nachkam?«, wollte Frederik neugierig wissen.

Seine Brüder tauschten einen langen Blick, ehe
schließlich Oliver das Wort ergriff.

»Sie nimmt seit September Reitstunden hier auf dem
Hof«, informierte Oliver seinen Bruder und trank anschließend ein paar Schlucke Bier auf einmal.

»Aber das ist alles rein professionell, sie hat zu dir bisher kein Wort verloren oder eurer Trennung oder irgendetwas anderem. Sie stand Anfang September auf einmal vor unserer Tür und hat um Unterrichtsstunden gebeten. Valentin hat sie in seinen Anfängerkurs aufgenommen.«

»Mhm …« Frederik schüttelte den Kopf. »Dann soll sie das tun, solange es sie glücklich macht und sie mich in Ruhe lässt.« Er betrachtete seinen Hund, der schon im Halbschlaf auf einer Decke neben dem Sofa lag. Die lange Reise hatte Baal geschafft, doch Frederik war sich sicher, dass sein Hund in den nächsten ein bis zwei Tagen vor Energie nur so strotzen würde.

»Entschuldigt mich, aber ich werde mich hinlegen. Es war ein langer Tag und ich muss morgen ja wieder früh aufstehen, damit ich nicht im Berufsverkehr stecken bleibe.« Victoria ließ ihre Söhne gähnend allein.

»Ich glaube, alt werden wir heute alle nicht mehr«, vermutete Julian und trank seine Flasche aus. »Oder habt ihr noch andere Pläne?«

Frederik trug Baal mitsamt der Decke nach oben in sein Zimmer und packte nur seinen Kulturbeutel aus dem großen Koffer aus. Vor dem Schlafengehen wollte er zumindest noch unter die Dusche und sich den Schweiß der Reise vom Körper waschen, doch das hatte Zeit, bis seine Brüder fertig waren.

»Du kannst.« Julian schob die angelehnte Zimmertür auf und lächelte müde. »Schlaf gut und schön, dass du wieder hier bist.«

»Dito.« Frederik stand gähnend auf und schlurfte ins Bad. Die zerknitterten und verschwitzten Kleidungsstücke ließ er achtlos zu Boden fallen und stellte sich in die gläserne Duschkabine. Angenehm warmes Wasser prasselte auf seinen Kopf und rann ihm dann über seinen ganzen Körper. Die verkrampfte Muskulatur im Oberkörper lockerte sich langsam, dazu stellte sich ein angenehmes Gefühl der Entspannung ein.

»So ist es recht.« Carolines Stimme drang leise an sein Ohr, dann berührten ihn ihre Hände am Rücken. »Lass einfach los. Fühle nur das Wasser und die Wärme und meinen Körper.« Sie machte einen Schritt auf ihn zu, sodass Frederik die Berührung ihrer Brüste spürte.

Er atmete tief durch, während sich sein Puls deutlich beschleunigte und das Blut in andere Körperregionen lenkte.

»Denk nicht zu viel nach, Liebster. Lebe nur im Augenblick.« Caroline schob ihre Hände unter seinen Armen hindurch nach vorn auf seine Brust.

»Ich will dich«, stellte Frederik mit rauer Stimme fest. »Ich will dich ganz. Hier. Sofort.« Er leckte sich über die Lippen.

»Nimm mich.« Caroline tauchte nun mit dem Oberkörper unter seinem linken Arm hindurch und schmiegte sich an ihn. Ihre Hände glitten wie selbstverständlich tiefer und streichelten seine steil aufgerichtete Erregung mit langsamen, aber wirkungsvollen Bewegungen.

Frederik keuchte und stützte sich mit der rechten Hand an der Wand ab. Er war zum Zerreißen gespannt und sehnte sich nach nichts anderem als Erlösung. Reflexartig bewegte er Caroline sein Becken entgegen und schloss die Augen, um das Gefühl weiter zu intensivieren.

»Liebe mich«, flüsterte Caroline. »Liebe mich ...«

»Was?« Irritiert schlug Frederik die Augen wieder auf und schluckte schwer. Seine Erregung pochte beinahe schmerzhaft und bettelte um Erlösung, doch von Caroline war nichts mehr zu sehen.

Was war nur los mit ihm, dass er solche Phantasien zu dieser Frau unter der Dusche auslebte?

War das ein Zeichen, dass das Ende ihrer Beziehung ein Fehler gewesen war und er die Beziehung wieder aufleben lassen sollte, jetzt wo es ihm psychisch ein ganzes Stück besser ging?

Oder vermisste er einfach nur den Sex, also rein körperliche Nähe?

Ruckartig stellte Frederik den Thermostat deutlich kälter ein und griff dann nach dem Duschgel.

»Jetzt reicht es aber«, schimpfte er leise mit sich selbst. »Dieser Schritt hat dir so gutgetan, lass dich nicht von so einer Phantasie zurückwerfen.«

Kopfschüttelnd spülte sich Frederik den Schaum vom Körper, drehte das Wasser aus und trocknete sich eilig ab. Es war an der Zeit, dass er sich schlafen legte, bevor noch weitere Phantasien auftauchten. Außerdem war Baal meist früh auf, da konnte Frederik schlecht lange ausschlafen.

»Bestimmt hat Karl ein finsteres Bild von mir gezeichnet und sich selbst nur im besten Licht dargestellt, was?«, vermutete Maximilian Hendriksson.

»Ich habe überhaupt nichts überzeichnet, dieses finstere Bild hast du selbst von dir entworfen. Schieb den schwarzen Peter nicht mir in die Karten.« Karl spuckte seinem Bruder verächtlich vor die Füße. »Den Mist hast du ganz allein gebaut, lieber Bruder. Ich habe dich bestimmt nicht dazu gedrängt, eine Affäre zu beginnen.«

»Du hattest eine Affäre?«, wiederholte Frederik ungläubig. »Wie … wie lange ist das denn gegangen? Und hat Mama davon erfahren?«

»Wie ein hirnloser Papagei. Und so jemand soll mein Sohn sein.« Maximilian würdigte Frederik keines Blickes. »Victoria weiß nichts davon und dabei wird es auch bleiben.«

»Und was macht dich so sicher?« Karl stützte die Hände in die Hüften. »Willst du mich erschießen?«

»Was denkst du?« Maximilian Hendriksson griff in seine rechte Manteltasche und zog eine silberglänzende Pistole hervor. Er zielte nur kurz, dann krachte ein Schuss. Karl von Gerblung wurde rücklings zu Boden geworfen, während die Austrittswunde stark zu bluten begann. In der nur vom Mondschein erhellten Reithalle eine geradezu gespenstische Szenerie.

In blankem Entsetzen wich Frederik zurück, doch schon bald spürte er das Holz der Bande in seinem Rücken. Er steckte in der Falle und wie es aussah, würde er gleich das Schicksal seines Onkels teilen.

»Kommen wir also zu dir, *Sohn*.« Maximilian Hendrikssons eiskalte Stimmfarbe steigerte die Panik bei Frederik nur noch weiter. »Eins muss ich dir lassen, du hast im letzten halben Jahr verdammt oft deinen Kopf im letzten Moment aus der Schlinge gezogen bekommen. Nur heute, da verlässt dich dein Glück.«

Äußerlich völlig regungslos richtete Maximilian Hendriksson die Pistole gegen seinen eigenen Sohn und feuerte gleich mehrere Schüsse auf ihn ab.

»Nein!«, rief Frederik und fuhr in die Höhe. Er atmete

keuchend ein und aus und ließ Baal zu sich auf das Bett springen. »Das war nur ein Traum, nichts weiter. Ein fieser Albtraum, aber hier geschieht uns nichts«, redete sich Frederik gut zu und streichelte mit beiden Händen über Baals Fell.

Wieder und wieder sah sich Frederik in dieser Nacht mit dieser Szene in der Reithalle konfrontiert, die fast auf den Tag genau vor einem Jahr den grausamen Höhepunkt des Transplantationsskandals markiert hatte. Maximilien Hendriksson hatte sowohl seinen eigenen Bruder als auch seinen eigenen Sohn töten lassen wollen. Kaltblütig hatte er einmal mehr über Menschenleben entschieden und keine Ähnlichkeit mehr mit dem großartigen Mediziner aufgewiesen, zudem auch Frederik einst aufgeblickt hatte.

War es diese herbe Enttäuschung, die ihn nach wie vor so sehr mit dem Schicksal hadern ließ?

Oder die Tatsache, dass sein Vater durch dessen Tod im Kugelhagel nie vor Gericht gestellt und angeklagt werden konnte?

»Soll ich dir mal den Hof zeigen?«, fragte Frederik, als es draußen schon zu dämmern begann. »Ich glaube, frische Luft tut uns beiden gut.«

Baal ließ sich das Geschirr anlegen und folgte Frederik an der Leine hinunter ins Erdgeschoss. Ruhig wartete er ab, bis sich sein Herrchen Jacke, Schuhe und Handschuhe angezogen hatte.

Leise schloss Frederik die Haustür hinter sich und atmete erst einmal tief durch. Der Boden war gefroren und knirschte unter Frederiks Schritten.

»Na, dann wollen wir mal«, murmelte Frederik in den Kragen der Jacke hinein und setzte sich in Bewegung. Er wollte zumindest eine kleine Runde mit Baal gehen, bevor der große Hof zum Leben erwachte. Noch war von Angestellten und Pferdebesitzern nichts zu sehen, das war Frederik ganz recht.

Baal folgte seinem Herrchen aufgeregt schnuppernd um die großen Stallgebäude und zerrte ihn dann geradewegs auf die große Reithalle zu. Schwanzwedelnd blieb Baal stehen und sah Frederik lange an.

»Du machst mir ja Freude«, murmelte Frederik und schob das große Tor langsam auf. »Weißt du, dass ich hier zuletzt vor einem Jahr war? Mitten in der Nacht habe ich mich zusammen mit Onkel Karl durch den Stall bis hierher vor die Halle geschlichen, damit uns die ganzen Polizisten nicht entdecken konnten.«

Leise rastete das Tor in seiner endgültigen Position ein, doch das registrierte Frederik kaum. Gebannt starrte er in die Halle und sah alles wieder vor sich.

Wie er gleichzeitig mit Onkel Karl eingetreten war und sie damit bereits den Groll seines Vaters auf sich gezogen hatten.

Wie erst Karl verhört und vorgeführt worden war.

Wie der Schuss auf Karl abgefeuert wurde und er leblos zusammengebrochen war.

Wie gehässig sein Vater dann mit ihm umgegangen war bis hin zum Befehl, auch ihn erschießen zu lassen.

Die Flucht über die Tribüne.

Der Kugelhagel durch die hereinstürmenden Polizisten, der seinen *Vater* das Leben gekostet hatte.

Fiepend drückte Baal seinen Kopf gegen Frederiks rechten Oberschenkel.

»Frederik? Was machst du denn hier?« Sein Bruder Julian kam über den Hof gelaufen und blieb überrascht neben seinem Bruder stehen.

»Es ist alles wieder da«, murmelte Frederik und blinzelte, doch damit konnte er nicht mehr verhindern, dass ihm Tränen über die Wangen rannen. »Der Schuss auf Onkel Karl. Die Schüsse in meine Richtung, die irgendwo in der Tribüne eingeschlagen sind.« Seine Unterlippe zitterte immer stärker und machte ein Weitersprechen vorerst unmöglich.

»Du warst seither nie wieder in dieser Halle«, stellte Julian mitfühlend fest und legte Frederik die Hand auf die Schulter.

Andeutungsweise schüttelte Frederik den Kopf und sank schluchzend auf die Knie. Einmal mehr schloss er seinen Hund in die Arme und versuchte auf diese Weise, die aufgebrochenen Wunden so gut es ging wieder zu schließen. Er war noch nicht so weit, sich diesen Erinnerungen zu stellen. Dieser Schmerz war zu viel für ihn. Zumindest für den Moment.

Kapitel 4

05:34 Uhr zeigte der Timer der Mikrowelle an, als Christian Jürgen seinen Laptop aufklappte und nervös wartete, bis sich die Verbindung nach Hamburg aufgebaut hatte.

»Hallo Doktor Jürgen und schön, dass das Gespräch so spontan zustande gekommen ist«, freute sich Professor Schneider. »Der Zeitverschiebung nach ist bei Ihnen früher Morgen?«

Jürgen nickte und trank einen Schluck Kaffee aus seiner Tasse. »Aber das passt mir ganz gut, ich muss spätestens um halb Sieben in der Klinik sein.«

»Ich verstehe.« Professor Schneider lächelte andeutungsweise. »Ich hatte Sie ja bereits in der Termineinladung informiert, dass ich mit Ihnen über Ihre weiteren beruflichen Pläne sprechen möchte.« Er machte eine kurze Pause und gab Christian Jürgen die Gelegenheit für weitere Schlucke Kaffee. »Nach Ihrem Urlaub sind Sie direkt in die USA aufgebrochen, um dort den Platz in einem Weiterbildungsprogramm einzunehmen, der spontan freigeworden ist. Das Fellowship an der Mayo Clinic endet meinem Kenntnisstand nach zum einunddreißigsten zwölften?«

Doktor Jürgen nickte. »Das ist richtig.«

»Werden Sie danach direkt nach Hamburg zurückfliegen und Ihre Arbeit in der Uniklinik wiederaufnehmen? Oder werden Sie Ihren Aufenthalt in Minnesota ein weiteres Mal verlängern? Gibt es möglicherweise ein Angebot von Seiten der Mayo Clinic?«, wollte Chefarzt Schneider wissen.

»Man hat mir bereits angeboten, mich in das neue Ausbildungsprogramm zu übernehmen, sodass ich den ersten Teil der Weiterbildung ebenfalls belegen kann«, berichtete Christian Jürgen. »Damit bekomme ich die komplette Traumazertifizierung und kann in Hamburg die Ausbildung unserer Kollegen in der Notaufnahme und im Notarztbereich übernehmen.«

»Wenn Sie den ersten Teil des Programms absolvieren, wie lange bleiben Sie dann noch in Minnesota?« Professor Schneider runzelte die Stirn und zog seinen Kalender näher heran.

»Der aktuelle Zeitplan sieht vor, dass ich alle notwendigen Kurse im Januar und Februar absolviere und im März zertifiziert werde. Damit bin ich spätestens zum April wieder in Hamburg«, rechnete Christian Jürgen laut. »Vorausgesetzt natürlich, dass das von Ihrer Seite so genehmigt wird.«

Der Chefarzt schwieg eine Weile. »Ist das schon die schnellstmögliche Zertifizierung oder lässt sich da zeitlich noch etwas machen?«

»Kaum, das habe ich gestern mit meinen Kollegen vor Ort lange besprochen.« Christian Jürgen räusperte sich. »Die Personaldecke ist wohl ziemlich angespannt und Sie brauchen mich wieder als Oberarzt vor Ort?«, vermutete er.

»Als Oberarzt sind Sie nicht mehr so entbehrlich wie als einfacher Facharzt, aber das wissen Sie selbst.« Professor Schneider kratzte sich am Kopf. »Ich werde Ihre Stelle für die nächsten Monate vertretungsweise neubesetzen, das ist für alle die einfachste Lösung. Wie es dann mit den Zuständigkeiten nach Ihrer Rückkehr weitergeht, werden wir besprechen, wenn es so weit ist.«

»Ich verstehe.« Christian Jürgen nickte gelassen. Die Klinik in Hamburg fühlte sich gerade so weit weg an, da störte es ihn nicht unbedingt, dass jemand anderer seinen Job zwischenzeitlich übernahm. Vermutlich würde man Doktor Vollmer darum bitten, denn er wurde schon seit Jahren immer mehr auf die Oberarztrolle vorbereitet. »Gibt es sonst noch etwas? Ich sollte langsam zur Klinik aufbrechen.«

»Halten Sie mich auf dem Laufenden, Doktor Jürgen. Und viel Erfolg bei der weiteren Fortbildung«, verabschiedete sich Professor Schneider und beendete kurz darauf den Videoanruf.

»Das hätte schlechter laufen können«, meinte Christian Jürgen in die Stille hinein und schaltete den Laptop aus, bevor er sich um kurz nach Sechs zu Fuß auf den Weg in die Mayo Clinic, eines der größten medizinischen Zentren Nordamerikas, machte. Der Aufenthalt in den USA tat ihm nicht nur persönlich äußerst gut, sondern auch beruflich. Er wurde richtig herausgefordert und konnte seinen Horizont erweitern. All die Ereignisse des vergangenen Jahres in Hamburg hingegen schienen meilenweit entfernt: Der Transplantationsskandal und die daraus resultierende Entlassungswelle, von der er verschont geblieben war. Und zuletzt der Fall Oliver Knappe und die Probleme mit Niklas Thorsen, den er trotz aller Bemühungen einfach nicht losgeworden war.

Vielleicht hatte das alles so seinen Sinn.

Kapitel 5

Aufgeregt betrat der Späher seine Wohnung und steuerte sofort den Laptop an. Eben hatte er die Datenträger mit den ersten Aufnahmen von Frederik abgeholt, der seit wenigen Tagen wieder auf dem Familiengestüt lebte.

»*Samstag, 15.12., 19:30 Uhr*«, notierte der Späher in sein Notizbuch und startete die Aufnahme. Lautes Hundebellen war zu hören und ließ den Späher prompt die Stirn runzeln.

Seit wann hatten Hendrikssons einen Hund?

Je nachdem, wem dieses Tier gehörte, machte es künftige Beobachtungen vor Ort ebenso schwieriger wie den ungesehenen Austausch der Speicherkarten oder die Überprüfung der Stromversorgung der Abhörvorrichtungen. Mist, das spielte ihm nicht gerade in die Karten.

»*Hund? Zu wem gehört er?*«, schrieb der Späher direkt unter das Datum und fügte gleich mehrere Fragezeichen hinzu. Diese Frage würde er als erstes beantworten müssen, um die weitere Operation nicht zu gefährden.

»Okay, dann wollen wir mal. Welche Infos hast du für mich, Frederik? Welche Pläne für die nächsten Wochen? Bleibst du erstmal hier in der Stadt oder muss ich mich beeilen?« Nachdenklich kniff sich der Späher in den Nasenrücken und setzte dann das Abspielen der

Aufnahme fort. Den Part mit dem Hundegebell konnte er sofort überspringen, da war kaum etwas anderes zu verstehen gewesen.

»Es ist schön, euch alle wieder zusammenzusehen«, freute sich Victoria Andersen und stieß den Geräuschen nach mit ihren Söhnen an. »Auf die Familie.«

»Aber auf welche«, bemerkte Frederik in die Stille hinein. »Du hast dich ja offensichtlich von uns distanziert, indem du deinen Nachnamen ändern hast lassen.«

»Frederik …« Seine Mutter seufzte hilflos. »Ich habe es nicht mehr ausgehalten, noch einen Tag lang diesen Namen zu tragen«, gab sie schließlich zu. »Es war so eine Bürde und Demütigung, das kannst du dir nur schwer vorstellen.«

»Was genau meinst du, Mama?«, fragte einer von Frederiks Brüdern. »Die Affären? Der Skandal letztes Jahr? Oder gibt es da noch mehr, wovon wir nie etwas mitbekommen haben?«

Interessiert richtete sich der Späher auf. Dass so früh nach Frederiks Rückkehr so ernste Themen auf den Tisch kommen würden hatte er sich nie erträumen lassen. Doch es verkürzte die restliche Vorbereitungszeit seiner Operation vermutlich um Wochen.

»Ihr wisst, dass euer Vater Affären hatte, immerhin habt ihr eure beiden Halbschwestern Anfang des Jahres bei der Beerdigung kennengelernt.« Victoria Andersen räusperte sich. »Natürlich gab es schon seit vielen Jahren, fast schon Jahrzehnten, immer wieder Gerüchte, dass er mir nicht treu ist. Max hat das immer abgestritten, sodass ich trotz allem zu ihm gehalten habe. Erst in den letzten Jahren hat er sich nicht einmal mehr die Mühe gemacht, seine Affären vor mir zu verbergen. Er wusste genau, wie weh er mir damit tut. Und er hat es ausgekostet, mich damit zu quälen und zu demütigen.«

»Warum hast du dich dann nicht scheiden lassen?«, fragte Frederiks anderer Bruder. »Warum bist du trotz dieser Grausamkeiten bei ihm geblieben?«

»Scheidung kam für euren Vater nicht infrage, er hätte dem nie zugestimmt. Und ich habe nicht die Kraft und den Mut aufbringen können, mich gegen ihn aufzulehnen. Er hätte mich komplett zerstört, indem er mir alles genommen hätte, was mir je wichtig war: meine Söhne und meine Karriere. Nach dem letzten Jahr habt ihr selbst einen Eindruck davon bekommen, wozu er fähig war. Ich konnte das nicht riskieren. Nicht für mich und erst recht nicht für euch. Ich wollte immer, dass es euch gut geht.« Victoria Andersen schniefte. »Also habe ich versucht, mich mit der Gesamtsituation und den zahlreichen Demütigungen zu arrangieren.«

»Deswegen warst du auch permanent unterwegs zu Konzerten«, stellte Frederik mit belegter Stimme fest. »Du bist vor ihm geflohen.«

Der Späher lächelte und machte sich kurze Notizen. An sich bestätigten sich nur seine Vermutungen und eigenen Beobachtungen, doch es war schön zu hören, dass sich bei Hendrikssons nach wie vor große emotionale Risse quer durch die Familie zogen. Vielleicht ergaben sich da auch für ihn noch interessante Ansatzpunkte, die er später in seinem Plan noch gebrauchen konnte.

»Deswegen hast du die Villa nur noch einmal betreten und dann uns beziehungsweise dem Makler überlassen.« Einer von Frederiks Brüdern räusperte sich. »Du willst diese Erinnerungen endlich abschütteln.«

»Gibt es inzwischen eigentlich einen Käufer?«, fragte Frederik.

»Der Makler hat mehrere Interessenten gefunden, die sich aber noch nicht final entschieden haben. Vermutlich sind sie alle nur auf das Grundstück aus und werden neu bauen«, vermutete Victoria und putzte sich geräuschvoll die Nase. »Das ist mir an sich sogar egal. Ich will es nur endlich hinter mir lassen.«

»Wie wir alle«, bestätigte nun wieder Frederiks Bruder. »Aber können wir nochmal auf die Namensänderung zurückkommen? Wir drei tragen diesen beschmutzten Namen nach wie vor und haben mehr oder weniger damit zu kämpfen. Was kannst du uns zu dem ganzen Änderungsprocedere sagen? Wie einfach geht das? Die naheliegende Lösung wäre ja, dass wir drei uns deinem Familiennamen anschließen.«

»Lasst uns in den nächsten Tagen darüber sprechen, ich bringe euch die Unterlagen beim nächsten Mal mit«, versprach Victoria erschöpft. »Ich werde mich erstmal hinlegen.«

»Klar, gute Nacht, Mama«, verabschiedeten sich die Brüder und blieben offensichtlich noch sitzen.

»Oh Mann, was für ein Abend. Wir hätten besser bei den leichten Gesprächsthemen bleiben sollen, was?«

»Es bringt nichts, diese wichtigen Themen totzuschweigen«, wandte Frederik ein. »Und gerade bei dieser Namensgeschichte hätte sie uns gleich mit einbeziehen müssen. Dann wäre uns zumindest ein Teil dieses schweren Gesprächs erspart geblieben.«

»Hätte wäre könnte. Versuchen wir, das Beste daraus zu machen und nicht ewig darauf herumzureiten«, beschwichtigte Frederiks Bruder.

»Ich bin Montagvormittag für drei Stunden in der Stadt«, fiel Frederik noch ein. »Kann ich Baal währenddessen bei euch lassen? Die Wohnungsübergabe ist kein Problem, aber in die Klinik darf er leider nicht. Und im Auto lassen möchte ich ihn nur im Notfall.«

»So wie wir ihn kennengelernt haben wird er nach dem großen Morgenspaziergang ohnehin erstmal eine Runde schlafen.« Frederiks Brüder lachten. »Also ja, das ist kein Problem.«

»*Montag: Wohnungsübergabe. Adresse? Frederik folgen? Melderegister überprüfen*«, notierte der Späher eifrig weiter.

»*Montag: Klinikbesuch. Welche Klinik? Grund des Termins? Vorstellungsgespräch?*« Der Späher dachte nach. »*Hund Baal. Frederik?*« Lächelnd legte er den Kugelschreiber dann aus der Hand. Diese Aufnahme hatte sich unerwartet als wertvolles Puzzlestück herausgestellt und ihm gleich zwei neue Ansatzpunkte geliefert, um näher an Frederik heranzukommen. Und der Hund war offensichtlich keine ernstzunehmende Gefahr, doch davon würde sich der Späher bei einem seiner nächsten Besuche mal aus der Nähe überzeugen.

Kapitel 6

Müde erreichte Frederik die Asklepios Klinik Hamburg Sankt Georg. Es war noch dunkel, dazu hatte auf halber Strecke zwischen dem Gestüt und Hamburg Schneeregen eingesetzt. Alles in allem ein äußerst ungemütlicher Morgen.

Seine nassen Schuhe quietschten leise auf dem Boden im Foyer, als Frederik den Aufzug ansteuerte und im siebten Stock ausstieg. Hier war er im September zuletzt schon für das erste Vorstellungsgespräch gewesen und wurde auch an diesem Morgen von einer Personalreferentin abgeholt.

»So, Doktor Hendriksson«, erklärte die Frau etwa in seinem Alter und lächelte. »Ich habe alle Unterlagen bereits vorbereitet und den Arbeitsvertrag noch um die Passagen ergänzt, um die Sie in Ihrer letzten Mail gebeten haben.« Sie schob ihm eine Mappe über den Tisch im Besprechungszimmer zu. »Lassen Sie sich ruhig Zeit und lesen Sie den Vertrag in Ruhe durch. Darf ich Ihnen in der Zwischenzeit etwas zu trinken anbieten?«

»Kaffee, bitte«, bat Frederik abgelenkt, denn er hatte sich schon in die ersten Absätze des Anstellungsvertrages vertieft. Er wollte daraus keine Wissenschaft machen, doch er konnte das Dokument nicht unterschreiben, ohne es zumindest überflogen zu haben.

Eine unterschriebene Vertragsausfertigung blieb bei Frederik, die andere nahm die Personalreferentin wieder an sich.

»Ich habe hier auch schon Ihre Ausweiskarte vorbereitet, den Spindschlüssel und einige Informationsblätter für Ihren Einstieg. Bei Fragen melden Sie sich bitte in der Personalabteilung oder bei Ihren direkten Kollegen«, empfahl ihm die Personalreferentin lächelnd. »Dann benötige ich nur noch Ihre Konfektionsgröße, damit Sie in zwei Wochen Ihre Dienstkleidung am Wäscheautomaten abholen können.«

Frederiks nächster Weg führte ihn in das Büro seines neuen Chefs, Professor Drechsel.

»Hat in der Verwaltung alles geklappt?«, fragte der Chefarzt und nickte zufrieden. »Wunderbar. Dann verstärken Sie also ab dem ersten Januar unser Team, das freut mich. Im UKE war man sehr zufrieden mit Ihrer Leistung, da bin ich mir sicher, dass Sie Ihre Facharztausbildung bei uns erfolgreich abschließen werden.«

Frederik nickte und unterdrückte ein Seufzen. Die Facharztausbildung. Das war so ein Thema für sich. Seit über acht Jahren arbeitete er daran und war immer noch nicht fertig. Das wurmte ihn, vor allem, weil diese Verzögerungen nicht seine Schuld gewesen waren. Die privaten Schicksalsschläge wie der Tod seiner damaligen Verlobten oder die Folgen des Transplantationsskandals hatten ihn in zwei große Auszeiten gezwungen, um nicht völlig daran zu zerbrechen. Und dennoch wurde es Zeit, dieses Kapitel seines Lebens endlich zu abzuschließen.

»Ich habe hier Ihren Dienstplan für den Januar bereits

ausgedruckt, daran können Sie sich schon einmal grob orientieren«, erklärte Professor Dechsel. »Für die ersten beiden Wochen werden Sie in der Tagschicht ab sieben Uhr mitlaufen. So lernen Sie die meisten Ihrer Kollegen kennen und ich habe die Gelegenheit, Sie im OP zu beobachten und Ihren Ausbildungsstand herauszufinden.«

Erneut nickte Frederik nur.

»Haben Sie darüber hinaus Fragen?«, wollte der Chefarzt wissen.

»Nein, für den Moment ist alles geklärt.« Frederik lächelte professionell, um sich seine Gedanken nicht zu sehr anmerken zu lassen. »Danke, für die ausführlichen Informationen vorab, das hilft mir sehr.«

»Sehr gern.« Chefarzt Drechsel begleitete Frederik zur Tür. »Entschuldigen Sie noch eine Frage, Doktor Hendriksson. Haben Sie eigentlich irgendetwas mit Maximilian Hendriksson zu tun?«

Frederik zuckte merklich zusammen. »Sie meinen den gleichen Familiennamen?«, fragte er zurückhaltend. »Er war mein Vater, rein biologisch zumindest. Warum fragen Sie? Geht es um diesen Transplantationsskandal von letztem Jahr? Damit hatte ich nichts zu tun.«

»Ich … es tut mir leid«, entschuldigte sich Professor Drechsel und wandte den Blick ab. »Nein, wir hatten den gleichen Doktorvater und ich … Ihr Familienname hat mich schlichtweg daran erinnert. Also, entschuldigen Sie bitte, falls ich mit der Frage einen falschen Eindruck erweckt habe.«

»Schon gut.« Frederik lächelte andeutungsweise. »Sie können ja nichts dafür, dass man mit diesem Namen langsam paranoid wird. Wir sehen uns dann am ersten

Januar. Ich wünsche Ihnen ruhige Feiertage.« Rasch verabschiedete er sich, bevor er wegen dieser harmlosen Nachfrage noch die Fassung verlor oder sich um Kopf und Kragen redete. Spätestens seit dem Skandal hatte er oft das Gefühl, sich allein für seinen Namen rechtfertigen zu müssen, was gerade im beruflichen Umfeld äußerst ausgeprägt war. Vielleicht wurde das mit der Zeit besser, wenn er seine neuen Kollegen kennengelernt hatte.

Vor dem Klinikgebäude atmete Frederik erst einmal tief durch. Das war unerwartet heftig gewesen, obwohl die Frage nach dem Nachnamen und Verwandtschaftsverhältnis völlig normal war.

»Frederik?« Ein Streifenwagen hielt neben ihm. »Was machst du denn hier?« Seine Exfreundin Caroline Wagner hatte das Seitenfenster geöffnet und musterte ihn neugierig. »Beruflich oder privat?«

»Beruflich.« Frederik räusperte sich und sah auf die Uhr. In gut einer halben Stunde musste er zur Übergabe bei seiner neuen Wohnung sein.

»Dann bist du also wieder dauerhaft hier in Hamburg?«, fragte die Polizeischülerin neugierig weiter.

»Möglich.« Erleichtert registrierte Frederik, dass Carolines Kollege am Steuer bereits zum Aufbruch drängte.

»Vielleicht sieht man sich ja mal«, meinte sie noch, dann rollte der Streifenwagen zur Ausfahrt des Parkplatzes.

»Ich will es nicht hoffen«, murmelte Frederik. »Deswegen habe ich ja mit dir Schluss gemacht.« Langsam lief er zu seinem Auto und tippte die Adresse seiner neuen Wohnung in die Handy-Navigationsapp.

Die Wohnungsübergabe ging rasch vonstatten, doch Frederik legte auch keinen Wert darauf, diesen Vorgang künstlich in die Länge zu ziehen. Ihn zog es nur noch zu Baal, um emotional wieder etwas herunterzukommen. Also unterzeichnete er nach dem obligatorischen Wohnungsdurchgang das Übergabeprotokoll, übernahm die Schlüssel und machte sich anschließend auf den Weg zurück zum Gestüt.

Es war doch keine so gute Idee gewesen, beide Termin auf den gleichen Vormittag zu legen.

Dass ihn so eine harmlose Nachfrage gleich so aus der Bahn schießen würde, hätte Frederik nicht gedacht. Nicht, nach dem langen Aufenthalt bei Onkel Karl, der ihn endlich wieder auf die richtige Spur gebracht hatte.

War das alles nur ein Trugbild?

Ging es seinen Brüdern oder seiner Mutter ähnlich, wenn sie auf Ihren Nachnamen und Maximilian Hendriksson angesprochen wurden?

Wie schlimm würde es für ihn werden, wenn er in zwei Wochen in seinen Job zurückkehrte?

Würden andere Kollegen die gleichen Nachfragen stellen wie Professor Drechsel heute?

Wie würde es ihm mit den Erinnerungen an Doktor Hanson gehen, seinen ehemaligen Oberarzt, der ihn entführt und gefoltert hatte?

Würden ihn diese Bilder spätestens in einer OP-Vorbereitung einholen?

Kapitel 7

»Ruhige Feiertage, von wegen«, schimpfte Maximilian Vollmer und folgte Niklas in die Personalumkleide. »Wie war deine spontane Frühschicht?«

Niklas schmunzelte und hängte seinen weißen Kittel ordentlich in den Spind zurück. »Der Start war etwas holprig, obwohl ich dank Elina bereits wach war«, gab er zu. »Und anstatt einer entspannten Schichtübergabe habe ich gleich einen Schockraumpatienten in den OP begleitet. Davon abgesehen gab es nichts Außergewöhnliches, womit ich dich noch beeindrucken könnte, Herr Interims-Oberarzt.« Er lachte und zog ein Notarzt-Einsatzshirt aus dem Spind.

»Du machst heute Doppelschicht?«, vermutete Maximilian argwöhnisch und runzelte die Stirn.

»Nicht nur die Unfallchirurgie ist heute massiv unterbesetzt, deswegen ist mir meine Spätschicht auf dem Notarztwagen erhalten geblieben«, erklärte Niklas.

Stumm musterte Maximilian ihn und blieb mit seinem Blick einen Moment zu lang an der großen Narbe hängen, die sich seitlich über Niklas' Brustkorb erstreckte.

»Pass bitte auf dich auf«, bat Max seinen Freund und schloss seinen Spind ab. »Es ist niemandem geholfen, wenn du hier häufiger Doppelschichten fährst und Überstunden jenseits von Gut und Böse anhäufst, was dann zulasten deiner Gesundheit geht. Kein Job der Welt ist es wert, dass du dich kaputt machst.«

»Es ist eine Ausnahme«, betonte Niklas und schloss die Reißverschlüsse seiner Einsatzstiefel. »Und glaube mir: ich will die Geschichte mit der Lungenembolie definitiv nicht wiederholen. Da passe ich schon auf.«

»Na dann, auf eine ruhige Schicht.« Maximilian hielt Niklas die Tür auf und steuerte dann die unfallchirurgische Station an.

»Moin!«, rief Niklas beim Betreten der Rettungswache und warf einen kurzen Blick in die Küche, doch außer zwei halbleeren Kaffeebechern war niemand zu sehen. Scheinbar war der zweite Notarzt gerade bei einem Einsatz.

»Ah, moin!« Niklas' Partner Georg Riedel klopfte an den Türrahmen. »Ich habe das Fahrzeug bereits gecheckt, du kannst es dir also gemütlich machen.«

»Alles klar.« Mit einem müden Lächeln hängte Niklas seine Jacke an den Haken neben der Tür und streckte sich im großen Aufenthaltsraum auf dem Sofa aus. Im Rucksack hatte er noch sein Abendessen, über das er sich jetzt hungrig hermachte. Während der spontanen Frühschicht war mal wieder keine Zeit für Pausen gewesen und jetzt in der Bereitschaft wusste er nicht, wann der erste Einsatz kommen würde.

»Ich mache gleich mit.« Georg setzte sich in den Sessel und packte belegte Brote aus. »Wer weiß, wann der Alarm losgeht. Die zweite Besatzung fährt wohl seit heute Mittag durch und kann sich über mangelnde Arbeit nicht beklagen.«

Niklas schmunzelte und schob sich eine weitere Gabelladung des gestrigen Weihnachtsessens in den Mund. »Es ist mir sogar ganz recht, wenn wir viel zu tun haben. Ansonsten würde ich den Sinn der zusätzlichen Schichten stark in Frage stellen.«

»Da merkt man die Jungspunde«, schmunzelte Volker, der mit seinen fünfzig Jahren schon viele Notärzte kommen und gehen gesehen hatte. »Der Enthusiasmus und Hunger nach Einsätzen ist bei euch allen ähnlich ausgeprägt. Mit den Jahren werdet ihr dann ruhiger und gelassener.«

Darauf wusste Niklas nichts zu erwidern. Also aß er die letzten Löffel seiner Mahlzeit und lehnte sich dann entspannt in die Kissen zurück.

Von der zweiten Notarztbesatzung war auch im Verlauf des Abends nichts zu sehen, sodass Georg und Niklas nur zu zweit über das Fernsehprogramm diskutierten und nicht zwei weitere Meinungen berücksichtigen mussten.

Kurz nach Neun unterbrach der Alarm die lebhafte Auseinandersetzung über eine Schlagerweihnachtssendung und scheuchte Notfallsanitäter und Notarzt vom gemütlichen Sofa. Eilig schlüpften sie in die schweren Einsatzstiefel, schnappten sich die Jacken und eilten in die Fahrzeughalle. Georg reichte Niklas kommentarlos die Einsatzpapiere und steuerte das Notarzteinsatzfahrzeug mit Blaulicht zur Hauptstraße.

»Person mit Stichverletzungen«, las Niklas und verstellte die Lautstärke am Funkgerät. Vielleicht bekamen sie so schon nähere Informationen, bevor sie den Einsatzort erreichten.

»Ist die Polizei schon vor Ort?«, wollte Georg konzentriert wissen und überfuhr mehrere rote Ampeln. Wegen des zweiten Weihnachtsfeiertages herrschte kaum Verkehr, das kam ihnen bei ihrer Alarmfahrt sehr entgegen.

Niklas' Nachfrage über Funk wurde verneint, sodass sein Puls in die Höhe schnellte.

»Wenn der Täter noch vor Ort ist …«, murmelte er und starrte angespannt auf die Straße.

Stichverletzung konnte alles und nichts bedeuten. Eine leichte Verletzung in Arm oder Bein oder schwerste innere Verletzungen bei einem Stich in Brustkorb oder Bauch. Im Lehrgang war ihnen eingeschärft worden, sich immer auf den schlimmstmöglichen Fall vorzubereiten, bis sie sich am Patienten selbst ein Bild von der Situation machen konnten.

»Eigensicherung geht über alles, aber erfahrungsgemäß trifft die Polizei bei solchen Delikten recht schnell ein.« Georg bog links ab und verlangsamte das Tempo. »Na siehst du, schon sind wir nicht mehr allein vor Ort«, meinte er mit Blick auf die beiden Streifenwägen, die mit zuckendem Blaulicht am Straßenrand standen.

Im Näherkommen machte sich Niklas ein erstes Bild von der Situation. Eine Person wurde von zwei Polizisten durchsucht, während die andere Streifenwagenbesatzung beim Opfer war und Erste Hilfe leistete.

»Ich bin Doktor Thorsen, der Notarzt. Was haben wir?«, fragte Niklas und ging neben dem Patienten in die Hocke.

»Er hat ihm einfach in den Bauch gestochen«, rief die junge Frau am Kopf des Opfers hysterisch. »Aber ich liebe ihn doch, wie kann er nur …«

»Sie sind die Lebensgefährtin …?«, fragte Niklas weiter

und tastete am Hals des bewusstlosen Mannes nach dessen Puls.

»Seine Freundin, ja«, bestätigte die Frau unter Tränen.

»Ich werde mich um Ihren Freund kümmern«, versicherte Niklas. »Aber dazu müssen Sie mich arbeiten lassen.«

Weitere Fahrzeugtüren wurden geöffnet und wieder zugeschlagen, dann war auch die Rettungswagenbesatzung am Patienten angekommen.

»Stark blutende Wunde im linken Unterbauch, nicht ansprechbar, Puls kräftig und regelmäßig«, fasste Niklas die Situation für seine Kollegen zusammen. »Wir bringen ihn sofort in den Rettungswagen, dort kann ich ihn besser versorgen.«

»Gar nichts werden Sie!«, schrie der mutmaßliche Täter, drehte sich ruckartig zu ihnen um und sprang direkt auf Niklas zu, als der gerade die Wunde am Bauch im Schein der Taschenlampe ansehen wollte. Er rammte Niklas schräg von hinten und hieb ihm seinen Ellbogen in die Flanke. Keuchend atmete Niklas aus und konnte gar nicht so schnell reagieren, wie die Polizisten den Mann zu dritt auf dem Boden fixierten und fesselten.

»Alles gut?«, fragte Georg besorgt.

»Bringen wir ihn in den Wagen«, wiederholte Niklas und stand auf. Sein Puls raste, doch seine Gedanken drehten sich nur um den Zustand des Patienten.

»Er ist unwürdig! Er ist nicht gut genug für meine Schwester! Lassen Sie ihn sterben!«, zeterte der Täter, während die Notfallsanitäter den verletzten jungen Mann auf die Trage hoben.

Niklas stieg bereits seitlich in den Rettungswagen ein.

»Monitoring und Zugänge vorbereiten«, wies Niklas seine Kollegen an und sah sich währenddessen die Bauchwunde an. »Und ich brauche hier eine Wundversorgung.«

»Hier ist alles für die Zugänge.« Georg reichte Niklas erst den Stauschlauch und dann einen großvolumigen Zugang. »Machst du gleich zwei?«

»Das wird ein Volumenmangelschock, also ja. In welche Klinik fahren wir? Er muss ohne Umwege direkt in einen OP«, wollte Niklas angespannt wissen und legte die beiden Braunülen in die Blutgefäße seines Patienten. An beide schloss er vorbereitete Infusionen an.

»Sein Puls wird unregelmäßig«, warnte Georg und reichte ihm eine Ampulle mit Narkosemittel. Wie üblich ahnte er die nächsten Schritte des Notarztes und bereitete sie entsprechend vor.

»Wir intubieren und fahren dann sofort los«, entschied Niklas nach kurzem Nachdenken und trat bereits an das Kopfende der Trage heran. »Tubus?«

Seine Hände zitterten leicht, deswegen veränderte Niklas einmal mehr seine Position und atmete tief durch, bevor er einen weiteren Intubationsversuch unternahm. Und endlich lag der Beatmungsschlauch an Ort und Stelle, wie Niklas bei den ersten maschinellen Atemzügen mit dem Stethoskop überprüfte.

»Es geht in die Uniklinik«, rief der Fahrer des Rettungswagens, der inzwischen einen Schockraumplatz organisiert hatte.

»Dann fahren wir los, mehr kann ich hier nicht für ihn tun. Der Patient muss direkt in den OP.« Niklas zog seine blutigen Handschuhe aus und warf sie in den Mülleimer. »Sagst du noch den Polizisten beziehungsweise der Lebensgefährtin Bescheid und kommst dann nach?«

Georg nickte und verließ den Rettungswagen, der sich daraufhin in Bewegung setzte. Wieder erhellte zuckendes Blaulicht die Nacht, die Sirene unterbrach die Stille auf den Straßen.

Nach einer unkomplizierten Übergabe im Schockraum an die Kollegen der Allgemeinchirurgie kehrte Niklas zu Fuß in die Rettungswache zurück. Erst jetzt beruhigte sich sein Puls langsam und die Anspannung wich wieder aus seinem Körper.

»Ach, da bist du ja. Hat alles noch geklappt oder gab es auf der Fahrt negative Überraschungen?«, wollte Georg neugierig wissen und musterte seinen jüngeren Kollegen kritisch.

»Nein, er war stabil.« Niklas seufzte und zog seine Einsatzjacke aus. Seine linke Seite schmerzte leicht, wo ihn der Täter vorhin mit seinem Ellbogen gerammt hatte. An der Stelle würde er in den nächsten Tagen vermutlich einen bunten Bluterguss bewundern können.»Was ist nur los mit den Menschen? Warum geht man überhaupt mit Messern aufeinander los? In welcher Beziehung stand der Typ zum Opfer?"

»Er hatte wohl etwas gegen den neuen Freund seiner Schwester«, berichtete Georg. »Die Polizisten sind schon mehrere Male zu lautstarken Auseinandersetzungen innerhalb dieser Familie gerufen worden.«

»Das ist trotzdem kein Grund, mit einem Messer auf jemanden loszugehen.« Niklas schüttelte den Kopf.

»Er ist ja nicht der Einzige. Ich habe letzte Woche mit einem Notarzt-Kollegen gesprochen und der hatte während einer einzigen Schicht vier Opfer von Messerstechereien. So etwas ist doch nicht mehr normal.«

»Oft sind Drogen und Alkohol im Spiel, das senkt die Hemmschwelle.« Georg seufzte und sah auf die Uhr. »Kommst du gleich mit zur Übergabe? Unsere Ablöse ist schon da und wartet am Fahrzeug.«

»Klar.« Niklas straffte die Schultern und folgte ihm.

Allein in der großen Umkleide kehrten die Gedanken an den Einsatz wieder zurück.

Wie viel hätte passieren können, als der Täter sich auf ihn gestürzt hatte?

Was, wenn er da noch ein Messer in der Hand gehabt hätte?

Wie schwer hätte er Niklas damit verletzen können?

Gedankenverloren zog sich Niklas das weiße Langarm-Poloshirt über den Kopf und betrachtete seine linke Seite im Spiegel. Ein leichter Bluterguss war bereits zu erahnen, doch das war angesichts der ersten Schmerzen zu erwarten gewesen.

»Was machst du denn da? Übst du für einen Model-Wettbewerb?«, fragte Maximilian Vollmer und hob interessiert eine Augenbraue.

»Ich übe noch für das Bewerbungsvideo«, konterte Niklas und schlüpfte in seinen braunen Strickpullover. »Vorher sollte ich vermutlich noch ein wenig trainieren. Ich habe mir sagen lassen, dass man ohne Six-Pack keine Chance hat.«

»Viel fehlt ja nicht.« Maximilien gähnte. »Habt ihr viel zu tun gehabt oder war es wie bei mir eher ruhig? Im Grunde habe ich nur für zwei Schmerzpatienten Babysitter gespielt.«

»Wir hatten nur einen Fall gegen Schichtende, eine Messerstecherei. Ansonsten war es ein ruhiger Abend vor dem Fernseher. Nur muss ich meinem Partner noch einen anderen Film- und Musikgeschmack angewöhnen, sonst wird es anstrengend.« Niklas schmunzelte und zog sich auch seinen Mantel an, dann schloss er den Spind. »Dir einen schönen Feierabend und wir sehen uns übermorgen wieder in alter Frische.«

Kapitel 8

Zwischen Weihnachten und Silvester war es für den Späher deutlich schwieriger gewesen, unbemerkt zu seinen Abhörvorrichtungen zu gelangen und die Speichermedien auszutauschen. Doch an diesem sonnigen, aber eiskalten letzten Tag im alten Jahr blieb ihm keine andere Wahl. Die Stromversorgung wurde durch den Frost stark beansprucht, da half selbst das isolierte Gehäuse kaum. Dem Gerät bei Victoria Andersens Wohnung hatte er bereits einen Wartungs-Besuch abgestattet, jetzt ging es um das baugleiche Gerät auf dem Gestüt der Hendriksson-Familie.

»Na das ist ja schön, dass ihr den Weg hierher gefunden habt«, drang Frederiks Stimme an das Ohr des Spähers, der in seinem Versteck gerade die Speicherkarte des Abhörgeräts austauschte und das Gehäuse wieder verschloss. »Musst du die Weihnachtspfunde abtrainieren?«

»Welche Pfunde? Niklas hat schon am zweiten Feiertag Doppelschicht geschoben«, wandte Freja Thorsen nicht ganz so heiter ein.

»So schlimm war es jetzt auch nicht«, redete Niklas das Thema klein und klatschte in die Hände. »Wie sieht es aus? Trainierst du eine Runde mit mir oder bist du dank deines langen Aufenthalts in München ganz vom Springreiten abgekommen?«

»Für dich genügen meine Kenntnisse bestimmt noch.«

Frederik entfernte sich aus der Hörweite des Spähers, der bereits Ausschau nach einem weiteren Versteck in der Nähe des Reitplatzes Ausschau hielt.

Frederiks Hund war bei Niklas' Ehefrau und der kleinen Tochter geblieben, sodass der Späher seine Position unbemerkt wechseln konnte. Da die Männer immer noch im Stall waren und die Pferde für das Training vorbereiteten, konnte der Späher weiter über seinen Plan nachdenken.

Inzwischen hatte er sich ein umfangreiches Bild über die Gewohnheiten der einzelnen Mitglieder der Hendriksson-Familie machen können und kannte deren Schwachpunkte. Das war zwar eine hilfreiche Grundlage, doch noch zauderte der Späher, zur aktiven Phase seines Vorhabens zu wechseln. Er fühlte sich noch immer nicht ausreichend vorbereitet.

Welche Gelegenheit war wohl die beste, um Frederik Hendriksson allein, ohne seinen Hund abzupassen?

Mit welcher Waffe sollte er seinem Auftreten Nachdruck verleihen?

Sollte er es direkt bei Frederik versuchen oder ihn mit einer Geisel aus dessen engsten Kreis erpressen?

Wie viel Zeit blieb ihm mit Beginn der Tat, bevor die Polizei alarmiert werden würde?

Welche Fluchtmöglichkeiten hatte er?

Wo konnte er ein Fluchtfahrzeug abstellen, um im Notfall darauf zurückzugreifen?

»Ja, daran hatte ich eben auch schon gedacht!« Frederiks lautes Lachen drang wieder an das Ohr des Spähers. Einen Moment später konnte er ihn auch wieder beobachten. »Aber ich habe mich damit abgefunden, einige Kapitel meiner Ausbildung noch einmal von vorne zu absolvieren. Und weißt du was? Es ist okay. Das ist schon meine zweite lange Pause in meiner Facharztausbildung und verglichen mit der ersten nach Carolinas Tod komme ich dieses Mal ganz gut damit klar. Ich habe endlich verstanden, dass es nichts bringt, etwas über das Knie zu brechen und erzwingen zu wollen.« Frederik schob den Fuß in den Steigbügel, stieß sich mit dem anderen Bein kräftig vom Boden ab und schwang sich damit hoch in den Sattel.

»Du solltest dir heute nur deine Kräfte etwas einteilen, damit dir morgen am ersten Tag in der Arbeit nicht vorschnell die Puste ausgeht«, neckte Niklas seinen besten Freund und saß ebenfalls auf.

»Dafür sollte es genügen.« Frederik wirkte nachdenklich. »Ich mache mir eher Gedanken, wie sich die Rückkehr in den Job tatsächlich anfühlt. Werde ich oft an Doktor Hanson denken müssen und was er mir alles angetan hat? Werde ich oft mit meinem Erzeuger in Verbindung gebracht werden? Oder wird die Freude über meinen Job überwiegen und die Zeit im OP einfach nur wie im Traum verfliegen?«

»Es wird eine Mischung aus alldem, zumindest war es bei mir so«, stellte Niklas wieder ernst fest. »Die Erinnerungen lassen sich nicht so leicht abschütteln, aber sie verblassen. Wenn du die ersten Tage überstanden hast, wird es von Schicht zu Schicht leichter.«

»Hoffen wir es.« Frederik straffte die Schultern und nahm die Zügel auf. »Aber jetzt trainieren wir eine Runde, bevor Hector und Malika keine Lust mehr haben.«

Der Späher schmunzelte.

Der sonst so übermäßig selbstbewusste Frederik Hendriksson hatte also Schiss vor seinem ersten Arbeitstag in der neuen Klinik. *Wer hätte das gedacht?*

Diese Erkenntnis erfüllte den Späher mit großer Genugtuung. *Vielleicht war die neue Klinik der Schlüssel bei seinem Vorhaben?* Vielleicht konnte er dort leichter an Frederik herankommen. Und dort lief er sicher nicht Gefahr, dem Hund zu begegnen und von diesem gestört zu werden. Das sollte er sich zu Hause auf jeden Fall noch einmal genauer ansehen mit den anderen bisher ausgearbeiteten Teilen seines Planes.

Kapitel 9

Elina hatte mehrere Nächte in Folge mit Bauchschmer-
zen zu kämpfen gehabt, sodass Niklas seine nächste
Notarztschicht äußerst gerädert antrat.

»Du siehst ähnlich aus wie die Kollegen aus der Nachtschicht«, bemerkte Notfallsanitäter Volker Wegener
belustigt und goss sich eine Tasse Kaffee ein. »Für dich
auch oder hoffst du auf eine ruhige Schicht?«

»Wenn man darauf hofft, tritt es nicht ein. Also ja, ich
trinke auch einen.« Niklas gähnte. »Die Kleine macht
gerade einen Schub durch, zumindest behauptet das
der Kinderarzt.«

»Da bin ich froh, dass meine Kinder zumindest aus diesem Alter heraus sind. Aber mit fünfzehn und siebzehn
Jahren kommen die nächsten Probleme.« Volker
schnitt eine vielsagende Grimasse, dann ging sein Blick
zur Uhr. »Lass uns mal sehen, ob unser Fahrzeug inzwischen aus dem Einsatz zurück ist und wir Übergabe
machen können.«

Das Übergabegespräch und der Fahrzeugcheck ermög-
lichten es Niklas, immerhin eine halbe Tasse Kaffee zu
trinken, dann schickte sie der Alarm zu ihrem ersten
Einsatz.

»Verkehrsunfall mit mehreren Fahrzeugen«, las Niklas
aus der Einsatzmeldung laut vor. »Keine näheren An-
gaben zur Schwere der Verletzungen.«

»Je nach Geschwindigkeit und Aufprallwinkel können uns schwere innere Verletzungen erwarten«, meinte Volker und steuerte das Notarzteinsatzfahrzeug konzentriert mit Blaulicht und Sirene durch den dichten Hamburger Berufsverkehr.

»Das ist mir klar. Hoffen wir nur für uns alle, dass es einigermaßen glimpflich ausgegangen ist«, bemerkte Niklas und zog sich bereits Handschuhe an, denn sie waren nur noch wenige hundert Meter von der Unfallstelle entfernt.

»Mindestens drei Fahrzeuge und du bist der erste Notarzt vor Ort. Du weißt, was das heißt?«, wollte Volker noch wissen und parkte seitlich am Straßenrand, ohne die Zufahrt für weitere Rettungsfahrzeuge oder die Feuerwehr zu blockieren.

Wortlos stieg Niklas aus und ließ kurz die Unfallszenerie auf sich wirken. Ein Streifenwagen war seitlich von einem stark demolierten Mazda gerammt worden, etwas abseits standen zwei aufeinander aufgefahrene Fahrzeuge. Zumindest von diesen beiden Fahrzeugen waren die Insassen bereits ausgestiegen.

»Aktualisierst du die Meldung, damit weitere Einsatzfahrzeuge kommen?«, rief Niklas seinem Kollegen noch zu und lief dann auf die beiden schwer beschädigten Unfallwagen zu.

»Moin, ich bin Notarzt und ich werde Ihnen helfen. Verstehen Sie mich?«, erklärte Niklas dem Fahrer des Mazdas und musterte diesen routiniert. Er schien unter Schock zu stehen und blutete aus der Nase. »Haben Sie Schmerzen? Tut Ihnen etwas weh?«

»Ich … es … es geht schon«, stammelte der Mann.

»Schmerzen?«, wiederholte Niklas.

Erneut verneinte der Mann, doch das schrieb Niklas in erster Linie dem Schock zu.

»Meine Kollegen werden sich gleich um Sie kümmern«, versicherte Niklas und ging weiter zum Streifenwagen, der an der Fahrerseite getroffen worden war. Nebenbei registrierte er, dass inzwischen auch Einsatzfahrzeuge der Polizei, Feuerwehr und des Rettungsdienstes am Unfallort eintrafen.

»Moin, ich bin Notarzt Doktor Thorsen. Wie geht es Ihnen?«, fragte er beim Öffnen der Beifahrertür.

»Ich bin okay, aber Caro … hat mehr abgekriegt.« Der Polizist löste mit zitternden Händen seinen Sicherheitsgurt.

»Ich sehe mir Ihre Kollegin sofort an«, versprach Niklas. »Tut Ihnen etwas weh? Sind Sie verletzt?«

»Der Nacken schmerzt ziemlich und ich bin mit dem Kopf gegen die Seitenscheibe geknallt.« Der Polizeibeamte wirkte noch leicht benommen.

»Okay, ich verstehe.« Niklas winkte zwei Notfallsanitäter mit einer Trage heran. »Sie bekommen von uns erst einmal eine Halskrause zur Stabilisierung der Wirbelsäule. Alle weiteren Untersuchungen werden die Kollegen gleich im Rettungswagen durchführen.«

»Eine Wahl bleibt mir nicht, was?« Der Polizist versuchte ein ironisches Lächeln, doch das wollte ihm kaum gelingen.

»Wie schnell waren Sie unterwegs?«, fragte Niklas und legte seinem Patienten die Plastikkrause um den Hals »Fünfzig? Sechzig? Unsere Ampel war Grün, dazu sind wir mit Blaulicht und Martinshorn gefahren. Keine Ahnung, was sich der andere Fahrer gedacht hat.«

»Geht das so? Können Sie aufstehen?« Wachsam behielt Niklas den Polizeibeamten im Blick und war bereit, ihn jederzeit zu stützen.

»Ich habe nur was auf den Kopf bekommen, nicht auf die Füße«, wehrte sich der Polizist, drehte sich komplett zu Niklas und stieg langsam aus dem Fahrzeug. Er schwankte kurz, dann schien sich sein Kreislauf vorerst wieder gefangen zu haben. Nach wenigen Schritten gestützt von Niklas und einem Notfallsanitäter sank der Patient aufatmend auf die abgesenkte Trage.

»Zustand nach seitlichem Aufprall, circa Tempo 60. Weitere Abklärung im Krankenhaus ist unbedingt erforderlich.« Rasch übergab Niklas den Patienten und setzte sich dann auf den Beifahrersitz des Streifenwagens. Die Polizistin kam wohl gerade erst wieder zu sich und betastete ihre Stirn.

»Verstehen Sie mich?«, fragte Niklas und berührte die junge Frau an der Schulter. »Caroline?«, entfuhr es ihm überrascht.

»Niklas, hey …« Sie lächelte zaghaft. »Seit wann bist du denn Notarzt? Das ist neu …«

»Stimmt.« Schon tastete Niklas nach ihrem Puls und musterte sie kritisch. »Hast du Schmerzen?«

»Meine linke Seite …, der Nacken … und meine Stirn«, zählte Caroline Wagner stockend auf.

»Kannst du dich daran erinnern, was passiert ist?«, fragte Niklas weiter, während sich von der Seite der Einsatzleiter der Feuerwehr näherte.

»Der Idiot hat uns einfach gerammt, dabei hätte er an der roten Ampel stehen bleiben müssen«, murmelte Caroline und schloss schon wieder die Augen.

»Ich weiß, das ist lästig, aber du lässt bitte die Augen offen«, bat Niklas Frederiks Ex-Freundin. »Wie schnell könnt ihr sie bergen?«, wollte er über die Schulter vom Einsatzleiter der Feuerwehr wissen.

»Wir ziehen den Mazda zurück, dann können wir …«

»Das ist doch Unsinn, ich rutsche einfach auf den Beifahrersitz und steige dort aus«, wehrte Caroline Wagner ab.

Endlich im Rettungswagen angekommen begann Niklas mit der Erstuntersuchung, während der zweite Notfallsanitäter bereits den Transport in eine geeignete Klinik organisierte.

»Ich lege dir erst einmal eine Infusion, die wird deinen Kreislauf stabilisieren«, erklärte Niklas Caroline und ließ sie kaum aus den Augen. »Über den Zugang kann ich dir dann auch etwas gegen die Schmerzen geben.«

»Das wäre gut.« Sie schloss erschöpft die Augen.

»Das UKE ist noch frei«, informierte ihn der Notfallsanitäter mit dem Funkgerät.

»Oh nein, nicht das UKE!«, rief Caroline aufgeregt und richtete sich ruckartig auf. Ein gequältes Stöhnen folgte und Sekunden später sackte die junge Polizistin zurück auf die Liege.

»Caro?« Sofort sprang Niklas auf und versuchte, seine Patientin aus der Bewusstlosigkeit zu wecken.

»Mhm«, stöhnte sie schließlich und blinzelte verwirrt.

»Du warst kurz bewusstlos.« Niklas verstellte die Fließgeschwindigkeit der Infusion und testete als nächstes mit einer kleinen Leuchte Carolines Pupillenreaktion. So konnte er den Verdacht auf akute Blutungen im Kopf anhand von Ausfallerscheinungen oder ungleichen Pupillen stützen, doch vorerst wirkte Carolines Zustand normal.

»Au, verdammt«, fluchte Caroline lautstark, als Niklas mit der körperlichen Untersuchung an ihrem Brustkorb ankam und so die verletzten Rippen entdeckte.

»Die Asklepios Klinik Sankt Georg nimmt uns auf«, rief der Notfallsanitäter mit dem Funkgerät. »Wir können los, wann immer ihr so weit seid.«

»Ist diese Klinik besser als das UKE?«, fragte Niklas seine Patientin und sah auf den Monitor neben der Trage, auf dem Carolines Puls, Blutdruck und die Sauerstoffsättigung angezeigt wurden.

»Viel besser«, bestätigte Caro leise und schloss wieder die Augen. »Viel besser ...«

»Lass bitte die Augen auf«, bat Niklas sie und schnallte sich an. »Wir fahren bitte mit Tempo«, rief er, woraufhin sich der Rettungswagen prompt in Bewegung setzte. »Ich weiß, du bist müde und du hast Schmerzen, aber ich muss wissen, dass du bei Bewusstsein bist.«

»Du bist so hartnäckig wie Frederik letztes Jahr nach meinem Fahrradunfall«, murmelte Caroline mit verträumtem Lächeln auf den Lippen.

»Hattet ihr seit Sommer nochmal Kontakt?«, fragte Niklas. An sich interessierte es ihn herzlich wenig, was Frederiks Ex-Freundin so unternahm oder mit wem sie gesprochen hatte, doch so konnte er sie immerhin halbwach halten.

Kapitel 10

In der Nacht vor seinem ersten Arbeitstag schlief Frederik kaum und das lag nicht ausschließlich an Silvester. Vielmehr trieben ihn unzählige Gedanken um, wie sein beruflicher Neustart in der Asklepios Klinik wohl verlaufen würde.

Wie würden seine neuen Kollegen auf ihn, genauer gesagt seinen Familiennamen reagieren?

Würde es Fragen zu seinem Vater und den Transplantationsskandal geben?

Wie selbstständig würde er arbeiten dürfen?

Wie war wohl sein Mentor, von dem Professor Drechsel bei der Vertragsunterzeichnung gesprochen hatte?

Wie würde es sich anfühlen, nach dieser langen Pause von anderthalb Jahren wieder in den OP zurückzukehren?

Würden viele Erinnerungen aufbrechen, auch an die Entführung durch Doktor Hanson?

Die Antwort auf all diese Fragen lautete: Warte ab und lass es auf dich zukommen.

Überpünktlich und mit einem Thermobecher Kaffee machte sich Frederik schließlich mit dem Auto auf den Weg vom Gestüt in die Klinik. Obwohl er das Appartement in der Stadt inzwischen eingerichtet und erste persönliche Sachen wie Kleidung und Badezimmerutensilien dort untergebracht hatte, so war er noch nie über Nacht geblieben. Stattdessen zog es ihn mit Baal immer wieder auf das Gestüt, dem er eigentlich hatte entfliehen wollen.

»Einen Schritt nach dem anderen«, sagte sich Frederik laut und trommelte mit den Fingern auf das Lenkrad. Den Stadtverkehr hatte er überhaupt nicht vermisst, nachdem er sowohl bei Onkel Karl als auch bei seinen Brüdern Julian und Oliver die Ruhe des Landlebens wieder schätzen gelernt hatte. Vielleicht sollte er diesem Wunsch einfach nachgeben und es nicht erzwingen, wieder in die Stadt zurückzukehren.

Wie mit Professor Drechsel abgesprochen fand sich Frederik pünktlich um Sieben in dessen Büro ein, um dort seinen Mentor für die nächsten Wochen kennenzulernen.

»Guten Morgen, Doktor Hendriksson.« Der Chefarzt lächelte ihn freundlich an. »Ich darf Sie mit Doktor Berger bekannt machen, er wird Sie unter seine Fittiche nehmen und mit den Abläufen in dieser Klinik vertraut machen.«

»Moin.« Stefan Berger musterte Frederik einmal von oben bis unten und verzog dabei keine Miene. »Spindschlüssel und Ausweiskarte haben Sie bereits bekommen?«, wollte er wissen.

Frederik nickte.

»Gut, dann gehen wir als erstes zur Wäscheausgabe«, schlug Frederiks Mentor vor und verließ das Chefarztbüro gemeinsam mit Frederik. »Man hat mich informiert, dass Sie die Facharztausbildung nach gut anderthalbjähriger Pause wiederaufnehmen. Wir werden die nächsten Tage überwiegend damit verbringen,

Ihren tatsächlichen Ausbildungsstand herauszufinden. Dann entscheidet sich, wie selbstständig Sie schon wieder arbeiten dürfen und wie wir Sie zurück auf den Weg zur Facharztprüfung begleiten können.«

Abermals nickte Frederik.

»Gibt es etwas zu den Unterbrechungen Ihrer Facharztausbildung, das ich eigentlich wissen sollte?«, fragte Doktor Berger und blieb schließlich am Wäscheausgabeautomaten stehen. »Einmal bitte den Ausweis scannen, dann werden Ihnen die verfügbaren Kleidungsstücke angezeigt.«

Stumm folgte Frederik den Anweisungen und ließ sich eine Garnitur Dienstkleidung ausgeben. Erst dann entschloss er sich zu einer Antwort auf die vorige Frage seines Mentors.

»Nein, meine Pause hatte persönliche Gründe und keinen Einfluss mehr auf mein berufliches Vorankommen«, stellte Frederik klar und folgte Stefan Berger zur Personalumkleide. »Spind Nummer 27«, las er die Nummer auf dem Schlüssel und musste nicht lange suchen.

»Ich verstehe.« Doktor Berger blieb neben der Tür zum Flur stehen. »Dann ist es bestimmt nur Zufall, dass Sie genauso heißen wie Maximilian Hendriksson?«

Irritiert runzelte Frederik die Stirn und band sich die Schuhe. »Warum fragen Sie?«, wollte er mit einem Anflug von Unsicherheit wissen.

»Das ist eine Familie, die zahlreiche hervorragende Mediziner hervorgebracht hat, bis der Name durch den Transplantationsskandal starken Schaden genommen hat«, redete Doktor Berger weiter.

Frederik schwieg und fuhr schließlich in den steifen, weißen Kittel. Es war ein seltsames Gefühl, diese Kleidung wieder zu tragen. »Wie geht es weiter?«, wollte er wissen und trat seinem Mentor gegenüber.

Frühbesprechung und Visite standen als nächstes auf dem Plan, anschließend führte Doktor Berger seinen neuen Kollegen einmal durch die relevanten Bereiche der Klinik.

»Warum setzen Sie Ihre Facharztausbildung eigentlich nicht in der Uniklinik fort, sondern sind hierher gewechselt?«, fragte Doktor Berger neugierig auf dem Rückweg von der Notaufnahme zur Station.

»Ich wollte einen kompletten Neustart«, erklärte Frederik und vergrub die Hände in den Kitteltaschen.

»Was ich gehört habe, wurde die Neurochirurgie im UKE drastisch umstrukturiert. Hätte Sie das nicht gereizt?« Doktor Berger betätigte den Türöffner und lenkte ihre Schritte zurück in das Stationszimmer.

»Die Neurochirurgie dort war aber auch massiv am Transplantationsskandal beteiligt, was die Umstrukturierungen erst nötig gemacht hat«, hielt Frederik dagegen und blieb abwartend mitten im Raum stehen.

»Und manchmal braucht es einfach einen Tapetenwechsel.«

»Ich verstehe.« Doktor Berger dachte kurz nach und nahm schließlich eine Mappe aus dem Fach, das mit Frederiks Namenskürzel beschriftet war. »So, hier habe ich einige Kurzinformationen zu unserer Software, das werden wir uns in den nächsten Tagen einfach gemeinsam ansehen. Da ist noch der aktualisierte Dienstplan für diesen Monat und ...« Weiter kam Doktor Berger nicht, denn das Telefon in seiner Kitteltasche klingelte. »In zehn Minuten? Ist gut, wir machen uns auf den Weg«, versicherte er und beendete das Gespräch auch schon wieder. »Person nach Verkehrsunfall mit Verdacht auf Schädel-Hirn-Trauma.«

Lange warten mussten sie nicht, dann trafen die Rettungskräfte mit dem Patienten ein, allen voran lief der Notarzt.

»Niklas?« Frederik musterte seinen besten Freund überrascht, auch wenn er wusste, dass Niklas inzwischen tageweise als Notarzt arbeitete.

»Guten Morgen«, grüßte Niklas Thorsen in die Runde. »Wir bringen Caroline Wagner, zwanzig Jahre alt. Zustand nach …«

Caroline Wagner? Frederik starrte auf die Trage und schluckte schwer, als er seine Ex-Freundin erkannte. Kurzzeitig hatte es in seinen Ohren zu rauschen begonnen, sodass er kaum etwas von Niklas' Übergabe mitbekommen hatte.

Erst Doktor Bergers Stimme drang wieder zu ihm durch. »Danke, Doktor Thorsen. Wir lagern die Patientin um und werden sie durch das CT schicken, um eine Hirnblutung auszuschließen. Doktor Hendriksson, worauf müssen wir besonders achten?«

»Äh.« Frederik räusperte sich. »Meinen Sie bei der Auswertung des CTs?«

»Worauf müssen wir bei Patienten nach so einem Unfall achten?«, fragte Doktor Berger etwas konkreter.

Niklas' Blick streifte Frederik kurz, dann hoben die Rettungskräfte und der Unfallchirurg Caroline gemeinsam auf die andere Liege.

»Alles Gute, Caroline«, verabschiedete sich Niklas und folgte den Notfallsanitätern wieder aus dem Behandlungsraum.

»Bewusstseinsstörungen, Schockanzeichen und offensichtliche Anzeichen für Hirnblutungen«, zählte Frederik schließlich einigermaßen flüssig auf, während Caroline bereits Blut abgenommen wurde. »Alle weiteren Maßnahmen richten sich danach, welche Befunde das CT ergeben hat. Möglicherweise gibt es nach Verkehrsunfällen auch Abrisse von Blutgefäßen im Brustbereich.«

»Jetzt nähern wir uns dem, was ich hören möchte.« Doktor Berger nickte und folgte der Trage zum CT.

»Lassen Sie sich von meinen Fragen nicht verunsichern, Doktor Hendriksson. Ich versuche nur herauszufinden, wie Ihr Wissensstand aussieht und wo noch Nachholbedarf besteht.«

»Ich verstehe.« Frederik räusperte sich und sah zu Boden. »Diese Patientin ... ist meine Ex-Freundin«, rückte er zögerlich mit der Wahrheit heraus.

»Ihre Ex-Freundin«, wiederholte Doktor Berger interessiert. »Sind Sie in der Lage, Privates und Berufliches zu trennen? Oder wollen Sie mit dieser Aussage von diesem Fall entbunden werden?«

Frederik schüttelte den Kopf. »Ich wollte ehrlich sein, dass ich eine persönliche Beziehung zu dieser Patientin habe, was mein berufliches Handeln jedoch nicht beeinflussen wird«, stellte er klar.

»Wunderbar, dann ist das geklärt.« Doktor Berger beugte sich vor und studierte die Schichtaufnahmen des Schädels, die auf dem Bildschirm angezeigt wurden. »Wie ist der Befund, Doktor Hendriksson?«

Konzentriert ging Frederik die einzelnen Bilder durch. »Sie hat keine akute Blutung im Kopf, sodass die Bewusstlosigkeit nach dem Unfall als Folge der Gehirnerschütterung zu werten ist.«

Zufrieden nickte Doktor Berger. »Wie gehen wir weiter vor? Was ist Ihr Behandlungsvorschlag?«

»Beobachtung auf Station für mindestens vierundzwanzig Stunden mit Monitoring und regelmäßigen Kontrollen, ob es Anzeichen für eine sich entwickelnde Hirnblutung oder -schwellung gibt«, erklärte Frederik etwas selbstbewusster.

»Wunderbar, so machen wir das«, freute sich Doktor Berger und gab den Pflegern Bescheid, die Patientin auf die neurochirurgische Station zu verlegen.

»Ich empfehle wegen der Rippenprellungen und Rippenteilfrakturen für heute Schmerztherapie über Infusionen, die dann morgen auf Tabletten umgestellt werden können«, empfahl der Unfallchirurg. »Bei Befundverschlechterung informieren Sie mich bitte.«

Von der Notaufnahme ging es für Frederik und seinen Mentor direkt weiter in den OP. Das war ihm ganz recht, denn so konnte er die Gedanken zu Caroline weit weg schieben.

»Ich möchte, dass Sie später die Verlaufskontrollen bei Frau Wagner durchführen«, informierte ihn Doktor Berger in der Umkleide der OP-Schleuse und schloss den Spind. »Aber jetzt konzentrieren wir uns auf unsere aktuelle Patientin. Sie hat einen gebrochenen Brustwirbel, den wir minimalinvasiv versorgen werden. Wie sehen Ihre Erfahrungen mit diesen Operationen aus?«

»Ich habe gebrochene Brustwirbel bereits mehrmals selbst operiert und bin mit dem minimalinvasiven Vorgehen vertraut.« Frederik folgte seinem Mentor zum Operationssaal. Sein Herz machte einen freudigen Satz, denn er durfte endlich wieder dem nachgehen, was er an seinem Job am meisten liebte: zu operieren.

Aufgrund seiner langen Pause blieb Frederik nur die Rolle des Assistenten, obwohl er zuvor bereits selbstständig operiert hatte. Das war ihm von vornherein klargewesen und machte es ihm einfacher, sich auf die Operation selbst zu konzentrieren.

»Dann beginnen wir.« Doktor Berger setzte einen kleinen Schnitt am Rücken der Patientin und führte eine lange Nadel ein, deren Position er konzentriert über zwei verschiedene Röntgenaufnahmen überwachte. Endlich hatte er den Knochen erreicht und die Nadel mit etwas Kraftaufwand in den Wirbelkörper hineingestoßen.

»Wie mache ich weiter?«, fragte Doktor Berger, ohne Frederik direkt anzusehen.

»Einführen des Bohrers, kurz aufbohren und danach den Ballon positionieren«, erklärte Frederik knapp. Aus Erfahrung wusste er, dass während der OP kurze Antworten bevorzugt wurden und Details eher vor oder nach dem Eingriff diskutiert wurden.

Stumm fuhr Doktor Berger mit dem Eingriff fort und begann schließlich schrittweise, den eingeführten Ballon aufzupumpen. »Worauf muss ich dabei besonders achten?«, fragte er in die Stille hinein.

»Den Abstand zu den Rändern des Wirbelkörpers«, antwortete Frederik, ohne zu zögern, und deutete auf einen der Bildschirme. »Hier rechts ist die Grenze schon fast erreicht.«

Zufrieden nickte sein Kollege, tauschte den Ballon gegen eine lange Spritze und füllte den entstandenen Hohlraum im Wirbelkörper mit Zement aus.

»Die Grundlagen sitzen noch, das gefällt mir«, stellte Doktor Berger nach der Operation auf dem Weg zur Umkleide des OP-Bereichs fest. »Als nächstes kümmern Sie sich bitte um die erste Verlaufskontrolle bei Frau Wagner, danach begleiten Sie mich zur Sprechstunde in der Ambulanz.«

Frederik nickte. All das war nicht neu für ihn, doch die Fülle der Informationen war nach der langen Pause enorm. In einigen Tagen hatte er sich bestimmt wieder an das Tempo und die Anforderungen gewöhnt.

Er folgte seinem Kollegen zur Station, ließ sich von einer Pflegerin Carolines Akte geben und suchte dann deren Patientenzimmer. Die zweite Patientin des Zimmers war offensichtlich bei Untersuchungen, denn das Bett fehlte. Caroline am Fenster drehte nur langsam den Kopf in Richtung der Tür.

»So sieht man sich wieder«, bemerkte sie leise. »Erst ein Fahrradunfall, jetzt ein Autounfall. Ein Déjà-vu nicht nur für mich, so wie du vorhin in der Notaufnahme ausgesehen hast.«

»Ein Déjà-vu, das kannst du laut sagen.« Frederik seufzte und blieb neben dem Krankenbett stehen. »Wie ist es dir seit Sommer ergangen? Hast du noch Freude an deinem Job, wenn du nicht gerade über den Haufen gefahren wirst?«

»Es ist mein absoluter Traumjob.« Caroline lächelte

und musterte ihn neugierig. »Du bist tatsächlich aus München zurückgekehrt. Wie geht es dir inzwischen? Bist du mit deinen Problemen vorangekommen?«

»Es geht mir gut.« Frederik hatte nicht vor, inhaltlich an das Trennungsgespräch am Tag vor Niklas' Hochzeit anzuknüpfen. »Was machen deine Kopfschmerzen?«

»Wenn ich ruhig liege, ist es auszuhalten. Mein Nacken und die Rippen sind schlimmer.« Caroline verzog das Gesicht. »Eine Sieben oder Acht auf eurer Schmerzskala«, fügte sie noch hinzu.

»Ich lasse dir gleich eine Infusion mit Schmerzmittel bringen, dann sollte es dir bessergehen«, versprach Frederik. »Vorher muss ich noch ein paar neurologische Tests durchführen, aber das kennst du ja von deinem ersten Unfall.«

Kapitel 11

Nach einer eher ruhigen Frühschicht als Notarzt betrat Niklas die Ambulanz für Herz-Thorax-Chirurgie für seine halbjährliche Untersuchung nach der Lungenembolie vor anderthalb Jahren. Mit ihm saßen zwei Patienten im Wartebereich, sodass Niklas sein Handy aus der Tasche zog und die letzten Nachrichten von Frederik überflog. Offenbar war dessen erster Arbeitstag so weit gut verlaufen, obwohl seine Ex-Freundin nun auf Station lag.

»Wenn du magst, können wir uns morgen Nachmittag treffen, ich habe frei«, tippte Niklas. »Elina freut sich doch immer, wenn sie ihren Patenonkel zu Gesicht bekommt.«

»Doktor Thorsen?« Herzspezialist Oliver Wrede riss Niklas aus seinen Gedanken und nahm ihn mit in das Behandlungszimmer. »Sie sind hier zur üblichen Kontrolluntersuchung? Oder haben Sie akute Beschwerden?«

»Nein, alles gut.« Niklas setzte sich vor den Schreibtisch, während sein behandelnder Arzt bereits die digitale Krankenakte aufrief.

»Okay, dann schauen wir mal. Der Laborbefund zur Blutprobe von vorgestern ist auch da ...« Doktor Wrede verstummte und überflog Niklas' Blutwerte. »Sie haben keine Beschwerden, sagen Sie?«, fragte er noch einmal nach. »Kurzatmigkeit, Schmerzen oder Kreislaufprobleme?«

»Was? Nein, es ist alles gut.« Irritiert runzelte Niklas die Stirn. »Was soll die Frage?«

»Doktor Thorsen«, seufzte Oliver Wrede und drehte den Bildschirm so herum, dass Niklas ebenfalls einen Blick auf den Laborbefund werden konnte. »Ich versuche herauszufinden, warum Ihr Blutbild nicht so recht zu Ihrer Aussage zu körperlichen Beschwerden passen will.«

Niklas überflog die Zeilen nachdenklich. Da waren gleich mehrere Blutwerte außerhalb des Normbereichs. Zwar hatte er das in den letzten Wochen insgeheim befürchtet, doch diese Tatsache sofort wieder verdrängt.

»Ich frage Sie also erneut: haben Sie im Moment körperliche Beschwerden?«, fragte Doktor Wrede streng.

»Es geht mir gut«, wiederholte Niklas stur. »Nur die Narbe macht sich bei Wetterwechseln bemerkbar, aber da haben Sie ja schon gesagt, dass das normal ist.«

»Die Narbe macht sich bemerkbar … im Sinne von Schmerzen?«, hakte Doktor Wrede nach.

»Sie zieht ein wenig«, gab Niklas zu. »Als Schmerzen würde ich das nicht gerade bezeichnen.«

Der Herzspezialist glaubte ihm kein Wort, das sah Niklas ihm an der Nasenspitze an. Doch er ließ sich nur äußerst widerwillig in seine gesundheitlichen Themen hineinreden.

»Ich höre mir nun Ihre Lunge an, danach machen wir noch den üblichen Ultraschall, erklärte Doktor Wrede und gab damit vorerst nach.

»Die gleiche Prozedur wie jedes Mal«, kommentierte Niklas mit einer Grimasse.

»Okay, Doktor Thorsen«, begann Oliver Wrede nach Abschluss aller körperlichen Untersuchungen und sah Niklas über den Tisch hinweg ernst an. »Ich will ehrlich zu Ihnen sein: Ihre Verfassung gefällt mir ganz und gar nicht. Das Blutbild deutet darauf hin, dass Sie vor kurzem eine sogenannte stumme Embolie hatten, die zum Glück keine größeren Gefäße verstopft hat. Das bedeutet, dass ich Ihnen andere Medikamente aufschreibe. Damit öffnen wir mögliche Gefäßverschlüsse wieder und auf der anderen Seite müssen wir verhindern, dass sich weitere Embolien bilden. Offenbar reicht die bisherige Medikation dafür nicht mehr aus.«

»Ich verstehe.« Niklas verschränkte die Arme. »Noch etwas?«

»Ich sehe Sie spätestens in einer Woche zur Kontrolluntersuchung, um zu sehen, ob die Umstellung der Medikamente Wirkung gezeigt hat«, fuhr Doktor Wrede in seinem ernsten Tonfall fort. »Und ich stelle Ihnen für diese Zeit eine Arbeitsunfähigkeitsbescheinigung aus, damit sich Ihr Körper erholen und an die neuen Medikamente gewöhnen kann.«

Niklas schwieg, um weitere Diskussionen zu vermeiden. Er teilte die Meinung seines behandelnden Arztes nicht einmal im Ansatz, vor allem nicht hinsichtlich der Krankmeldung. Er war so weit fit und leistungsfähig, warum also sollte er zu Hause bleiben?

»Machen Sie bei den Kolleginnen bitte einen neuen Termin aus und gehen Sie es ruhig an, Doktor Thorsen. Mit einer neuen Embolie ist niemandem geholfen, am wenigsten Ihnen selbst«, versuchte Doktor Wrede noch einmal, Niklas ins Gewissen zu reden. »Alles Gute und bis nächste Woche.«

Niklas kam pünktlich zum Kochen nach Hause, nachdem ihn der Feierabendverkehr aufgehalten hatte.

»Ich bin zurück«, rief er und schloss die Wohnungstür hinter sich. »Wo sind denn meine beiden Lieblingsmenschen?« Ächzend zog er sich Winterjacke und Schuhe aus, wusch sich im Bad die Hände und stand sah dann in das Kinderzimmer, wo er Frejas leise Stimme gehört hatte.

»Gefunden«, bemerkte Niklas lächelnd und umarmte seine Frau von hinten. »Wie war euer Tag?«, fragte er und küsste Freja seitlich auf den Hals, dann sah er über ihre Schulter zu Elina, die fröhlich auf der Wickelkommode strampelte.

»Wir waren mit Julia und Maike Kaffee trinken und lange spazieren, also ein herrlich entspannter Nachmittag«, berichtete Freja und schmiegte sich in Niklas' Arme. »Und bei dir? Wie war die Schicht?«

»Hatten nur einen Einsatz, ansonsten war alles ruhig.« Erneut gab Niklas seiner Frau einen Kuss. »Der Termin vorhin bei Doktor Wrede lief soweit auch gut, er passt nur meine Medikamente an.«

»Gibt es dafür einen besonderen Grund?« Argwöhnisch runzelte Freja die Stirn.

»Einige Blutwerte gehen wieder in die falsche Richtung. Das ist ein Zeichen dafür, dass die aktuelle Medikamenten-Kombination nicht mehr passt. Aber das ist nichts, worüber wir uns Sorgen machen müssen«, versicherte er und löste seine Umarmung wieder. »Soll ich schon mit Kochen beginnen?«

Lächelnd folgte Freja Niklas in die Küche und setzte sich mit Elina auf dem Schoß an den Tisch. »Was war das heute für ein Einsatz?«, wollte sie neugierig wissen. »Wurdet ihr mal wieder umsonst nachgefordert, wie euch das in der vorletzten Schicht gleich zwei Mal passiert ist?«

Schmunzelnd schüttelte Niklas den Kopf und holte das Gemüse aus dem Kühlschrank. »Nein, das war sogar berechtigt. Ein Verkehrsunfall mit vier Fahrzeugen, dabei sind zwei seitlich mit hohem Tempo kollidiert. Und rate, wer eines der Unfallopfer war.«

Freja zuckte mit den Schultern. »Da kommen viele infrage«, stellte sie fest und sah auf Elina.

»Caroline, Frederiks Ex-Freundin.« Niklas schnitt die Zwiebeln klein und tat sie gemeinsam mit etwas Öl in die Bratpfanne. »Und nachdem sie sich heftig gegen eine Einweisung in das UKE gewehrt hat, haben wir sie in die Asklepios Klinik gefahren. Und dort haben wir sie dann gleich Frederik an seinem ersten Arbeitstag übergeben. Fand er nicht so gut, aber wer kann ihm das verübeln.«

»Sie standen an sehr unterschiedlichen Punkten im Leben, als Frederik die Beziehung beendet hat.« Freja wirkte nachdenklich.

»Das war doch nur das i-Tüpfelchen, die Persönlichkeiten der beiden passen überhaupt nicht zusammen. Und nachdem Caroline nicht bereit war, auch nur ansatzweise auf Frederik zuzugehen und Kompromisse zu schließen, war diese Beziehung unweigerlich zum Scheitern verurteilt.« Niklas gab weiteres Gemüse in die Pfanne und schaltete die Dunstabzugshaube ein. »Klar, Caroline ist nicht wie seine Verlobte und das soll sie auch nie sein. Aber ich glaube immer weniger, dass das eine Beziehung auf Augenhöhe war. Vielmehr war das wohl nur ein Rettungsanker, um nicht in die Einsamkeit abzutreiben. Frederik hat Nähe gebraucht, und durch Caroline bekommen. Mehr war das in meinen Augen nicht.«

»Mhm …« Freja streichelte Elina sanft über den Rücken. »Da kennst du Frederik vermutlich besser als ich. Aber ich denke nicht, dass diese Beziehung von Vornherein zum Scheitern verurteilt war.« Sie lächelte ihre Tochter an. »Was sagst du dazu, Schatz? Braucht dein Onkel Frederik wieder eine Freundin? Oder soll er sich nur um dich kümmern?«

»Frederik liebt die Kleine, seit er sie zum ersten Mal gesehen hat«, schmunzelte Niklas. »Das war eine gute Entscheidung von uns, ihn zum Patenonkel zu machen.«

Nach dem Abendessen stillte Freja Elina und brachte sie anschließend gemeinsam mit Niklas ins Bett.

»Unser kleiner Engel.« Niklas streichelte seiner schlafenden Tochter über die Wange und legte dann den Arm um Freja. »Unglaublich, wie groß sie bereits ist.«

»Die Zeit ist nur so gerast«, stimmte Freja ihm mit leiser Stimme zu und konnte den Blick ebenfalls kaum von Elina wenden. »Ich meine, eben waren wir noch im Zeugenschutzprogramm und haben den positiven Schwangerschaftstest in der Hand gehalten. Und schon liegt Elina vor uns und lernt jeden Tag so viel dazu.«

»Sie ist ein Wunder und das größte Geschenk, das wir uns beide hätten machen können«, stellte Niklas fest und gab Freja einen zärtlichen Kuss.

»Ein Geschenk, das wir wiederholen könnten«, schlug

Freja mit einem Anflug von Unsicherheit in der Stimme vor. »Ich meine, vielleicht nicht sofort, aber in ein paar Monaten, …« Sie wurde rot.

»Du meinst, ein Geschwisterchen für Elina?« Niklas' Herz machte einen freudigen Satz. »Auch wenn das für dich heißt, dass du eine Weile länger zu Hause bleibst und nicht in deinen Job zurückkehrst?«

»Sieh sie dir doch an, Niklas. Wie könnte ich bei Elinas Anblick an meinen Job denken?«, flüsterte Freja voller Liebe und schmiegte sich an ihn. »Aber das ist keine Entscheidung, die wir heute treffen müssen. Ich wollte den Gedanken nur mit dir teilen.«

Kapitel 12

Aufmerksam las der Späher den Dienstplan der Neurochirurgen für den Monat Januar, den er im Austausch
gegen eine kleine finanzielle Zuwendung von einer
Pflegepraktikantin erhalten hatte.

Frederik Hendriksson arbeitete seit erstem Januar in
der Frühschicht, sieben Tage am Stück, dann vier Tage
frei. Anschließend wechselte er zwischen Früh-, Spät-
und Nachtschichten. Es gab kein klares Wechsel-
schema, zudem konnte sich der Plan jederzeit ändern.
Doch es war eine solide Grundlage für den Späher, der
in den letzten Zügen seiner Feinplanung steckte.

»Nach einer Nachtschicht ist er vielleicht etwas wehr-
loser«, überlegte der Späher und glitt mit seinem Zei-
gefinger über den Ausdruck. »Da hätten wir in diesem
Monat gleich fünf Möglichkeiten. Andererseits muss
ich mir dann einen abgeschiedenen Ort suchen, an
dem morgens nichts los ist. Nach einer Spätschicht im
Schutz der Dunkelheit ist es vielleicht günstiger ...«

Der Späher dachte noch einen Moment lang über die
Rahmenbedingungen nach und zog schließlich sein
Notizbuch zu sich heran.

»Spätschicht: fünfzehnter, siebzehnter, zwanzigster,
dreiundzwanzigster, vierundzwanzigster, neunund-
zwanzigster Januar«, notierte der Späher schließlich
und schob den Dienstplan in seine Dokumentenhülle.

»Wo wohnst du inzwischen eigentlich? Vielleicht ist

deine Wohnung eine Option für meinen Plan?«, überlegte der Späher halblaut weiter und entsperrte sein
Handy. Über die Suchmaschine gelangte er auf eine
Website für Adressermittlung. Dreißig Euro kostete
die Suche einer Adresse im Inland, doch das war es
dem Späher allemal wert. Für den Service musste er
nur die Eckdaten zu Frederik Hendriksson eingeben,
im Anschluss an die Bezahlung begann die Suchmaschine mit ihrer Arbeit.

Gut zehn Minuten später erreichte den Späher eine
Mail mit Frederiks neuer Adresse, die er sofort in die
Online-Karte von Hamburg eintippte.
»Hammerbrook, Mittelkanal. Gar nicht so weit weg,
wie ich dachte.« Der Späher lächelte zufrieden und
speicherte sich einen Screenshot. Die Wohnanlage ähnelte zumindest von oben dem Wohngebiet, in dem
Victoria Andersen lebte. »Dann wird das mein nächster Besuch«, murmelte der Späher und notierte sich
die Adresse in seinem Notizbuch. »Wollen wir doch
mal sehen, wie dein neues Umfeld so aussieht.«

Gedankenverloren musterte der Späher seine weiteren Notizen. Zahlreiche Fragen waren noch ungeklärt
und das wurmte ihn. Denn eigentlich wollte der Späher längst zur Tat schreiten.
Warum war er nur so unentschlossen?
Wie konnte er Frederik Hendriksson maximal wehtun?
Seine Familie war mit Sicherheit ein guter Ansatzpunkt, das hatte sich durch die Abhöraktion bestätigt.
Frederik hatte sowohl zu seinen Brüdern als auch zu
seiner Mutter ein enges Verhältnis. Dazu gab es noch

diesen Onkel in München, doch der war kurzfristig schwer zu erreichen.

»Mutter?«, notierte der Späher und knabberte am Ende des Kugelschreibers herum. Frederiks Mutter hatte ihren Nachnamen überstürzt geändert, ohne ihren Söhnen überhaupt die Chance zu geben, mitzuziehen. Das dürfte für Frederik auf jeden Fall ein Reizthema sein, doch das reichte bei weitem nicht aus, um ihm richtig wehzutun.

»Julian, Oliver?«, überlegte der Späher weiter. Die Brüder lebten auf dem Gestüt und schienen wichtige Säulen für Frederiks emotionale Stabilität zu sein. Nur boten die beiden keine richtigen Ansatzpunkte, an denen der Späher angreifen konnte.

»Da war doch noch ein Hund ...« Der Späher blätterte durch das Notizbuch. »Baal, richtig. Er scheint Frederik selbst zu gehören.« *Wenn Frederik so an diesem Tier hing, vielleicht konnte man ihn damit gefügig machen?* Die Frage war, welcher Rasse das Tier angehörte und wie alt es war. *Wie leicht konnte man an diesen Hund überhaupt herankommen? War er permanent in Begleitung oder lief er beispielsweise auf dem Gestüt frei herum?*

»Und zu guter Letzt: Niklas Thorsen«, vollendete der Späher die Liste seiner Ansatzpunkte. Er wusste, dass Frederik Hendriksson schon seit vielen Jahren mit Doktor Thorsen befreundet war. Der gewaltige Transplantationsskandal schien die Ärzte noch enger zusammengeschweißt zu haben, denn Frederik war sowohl Trauzeuge bei der Hochzeit von Niklas Thorsen gewesen als auch der Patenonkel von dessen Tochter geworden.

Niklas war allerdings ein nicht zu unterschätzender Gegner, das hatte er nicht nur während des Transplantationsskandals unter Beweis gestellt, sondern auch im vergangenen Jahr, als Oliver Knappe auf ihn losgegangen war. So ein Martyrium zu überleben, schaffte auch nicht jeder.

Vielleicht wäre das Patenkind eher eine Option?

Kapitel 13

Auch Frederiks zweiter Arbeitstag war geprägt von gegensätzlichen Gefühlen. Zwar war er erleichtert, dass sein Mentor offenbar recht gut mit ihm umging und ihn nicht aufgrund seines Nachnamens drangsalierte. Doch die Unsicherheit in fachlicher Hinsicht blieb. Hinzu kam Caroline, die zur Beobachtung auf Station lag. Fast schien es, als hätte man die Uhr um anderthalb Jahre zurückgedreht.

»Na? Haben Sie Ihren ersten Tag gut verdaut? Wir haben Ihnen gestern ja echt viele Informationen um die Ohren gehauen«, erkundigte sich Doktor Berger neugierig nach der Frühbesprechung.

»Ja, das war tatsächlich viel, aber das ist schon gut so.« Frederik lächelte andeutungsweise.

»Wunderbar, dann sind Sie startklar für die Verlaufskontrollen bei unseren OP- und Beobachtungspatienten von gestern?« Stefan Berger warf einen Blick auf den Bettenbelegungsplan. »Sie sehen bitte nach den Patienten Hubert, Baier, Wagner und Meisner.«

Frederik runzelte die Stirn. »Kommen Sie gar nicht mit, um mir auf die Finger zu sehen?«, wollte er irritiert wissen.

»So wie Sie sich gestern präsentiert haben gehe ich davon aus, dass ich Sie bei diesen Tätigkeiten nicht überwachen muss«, entgegnete Doktor Berger gelassen. »Falls es Auffälligkeiten gibt, bin ich ja in Reichweite.«

»Okay, dann bis gleich.« Frederik holte sich die Patientenbögen aus dem Schwesternzimmer, notierte die Zimmernummern auf einem kleinen Notizzettel und schob dann den Verbandswagen zum ersten Patientenzimmer.

Die OP-Wunden der Patienten Hubert und Baier waren unauffällig, auch klagten die Männer über keine Schmerzen oder andere Beschwerden.

»Das war der einfache Teil«, murmelte Frederik im Selbstgespräch und schob den Verbandswagen zum nächsten Patientenzimmer.

»Guten Morgen«, grüßte er bei Betreten des Raumes und steuerte das Bett an der Tür an. »Sie sind Frau Meisner?«

Die schon etwas ältere Patientin nickte.

»Ich bin Doktor Hendriksson und habe gestern mit Doktor Berger Ihren gebrochenen Wirbel operiert. Lassen Sie mich bitte die Wunde kontrollieren?«

Im Augenwinkel sah er, wie sich Caroline interessiert aufrichtete und ihn nicht aus den Augen ließ.

»Haben Sie Schmerzen?«, fragte Frederik weiter und ignorierte seine Ex-Freundin, so gut es ging.

»Es tut schon noch gut weh, aber ich will nicht jammern, junger Mann.« Frau Meisner hielt Frederik am Unterarm fest und sah ihn bittend an. »Nachdem Sie gerade hier sind … Meinen Sie, Sie können mir nicht doch ein Schmerzmittel bringen? Dann kann ich wenigstens noch ein bisschen schlafen. Das wäre wirklich großartig.«

»Wie stark sind Ihre Schmerzen?«, fragte Frederik und machte im Überwachungsbogen eine Notiz.

»Ach, junger Mann, machen Sie es nicht so kompliziert«, wehrte Frau Meisner müde ab.

»Null sind gar keine Schmerzen, Zehn sind stärkste Schmerzen. Wo ordnen Sie Ihre Schmerzen ein?«, fragte Frederik erneut. Vorschrift war Vorschrift und er musste die Auswahl und Dosierung des Medikaments schließlich auf die Beschwerden seiner Patientin abstimmen.

»Eine fünf?«, überlegte Frau Meisner sichtlich überfordert. »Hören Sie, bitte, junger Mann, ich kann wegen dieser Schmerzen kaum schlafen. Aber es ist bestimmt nicht so schlimm, dass Sie sich so lange mit mir aufhalten müssen.«

»Ich bringe Ihnen eine Infusion und wir sehen, ob es Ihnen damit bessergeht. Wenn nicht, müssen wir weitere Untersuchungen machen«, erklärte Frederik. »Aber das sehen wir dann.«

Begleitet von Carolines finsteren Blicken verließ Frederik kurzzeitig das Patientenzimmer, um die Infusion für Frau Meisner zu holen. Erst als diese Patientin versorgt war, wandte er sich seiner Ex-Freundin zu.

»Wie war die Nacht?«, fragte er betont neutral und überflog rasch die Einträge der Nachtschicht.

»Na ja … mein Nacken tut schon ziemlich weh, von meinen Rippen rede ich besser gar nicht.« Caroline verzog das Gesicht. »Und sobald ich mich aufsetze oder gar aufstehe, wird mir schwindlig und ich habe sofort wieder starke Kopfschmerzen.« Anklagend sah sie ihn aus großen Augen an.

»Der Unfall war ja auch ganz schön heftig.« Frederik räusperte sich. »Dir wurde Bettruhe verordnet, so gesehen sollten sich aufsetzen und aufstehen stark in Grenzen halten. Aber was deine Schmerzen angeht, kann ich dir natürlich etwas dagegen geben. Wie stark sind die Schmerzen im Moment? Du hast ja erst vor zwei Stunden eine Infusion bekommen.«

»Scheinbar hat die nur sehr kurzzeitig gewirkt«, gab Caroline zurück und griff nach seiner Hand, die Frederik prompt zurückzog.

»Wie fühlen sich die Kopfschmerzen an?«, fragte Frederik mit gerunzelter Stirn. »Pochend, stechend, wellenförmig oder ein Dauerzustand?«

»Mhm ...« Caroline kuschelte sich tiefer in ihr Kissen. »Pochend und in Wellen«, stellte sie schließlich nach einigem Nachdenken fest.

»Übelkeit?«

»Ich habe mich letzte Nacht zwei Mal übergeben, steht das gar nicht in deinem Protokoll?« Matt hob sie eine Augenbraue.

Frederik musterte seine Ex-Freundin nachdenklich. Sie spielte mit ihm, das war offensichtlich. Aber er war sich nicht sicher, ob nicht doch mehr dahintersteckte.

»Wie geht es den Patienten?«, fragte Doktor Berger neugierig, als Frederik zurückkehrte.

»Die Damen Meisner und Wagner haben jeweils um zusätzliche Medikamente gegen ihre Schmerzen gebeten. Bei beiden rate ich zu einer weiteren Verlaufskontrolle gegen Mittag. Die anderen beiden Patienten sind beschwerdefrei und können morgen wie geplant entlassen werden«, fasste Frederik seine Beobachtungen zusammen. »Frau Wagner sollte eigentlich heute entlassen werden. Angesichts ihres Zustands bleibt sie zumindest bis morgen auf Station und dann entscheidet die Stärke ihrer Schmerzen, ob sie wir sie nach Hause schicken können.«

»So sehe ich das auch. Vermuten Sie bei Patientin Wagner Komplikationen?«, wollte Doktor Berger wissen. »Gibt es Anzeichen für Hirnblutungen oder Hirnschwellungen?«

Frederik schüttelte den Kopf. »Sie ist wach und orientiert, die Pupillen reagieren seitengleich auf Licht. Im Moment sieht es also nicht nach einer Blutung aus. Falls die Schmerzen später allerdings immer noch so heftig sein sollten, rate ich zu einer weiteren bildgebenden Diagnostik.«

»Gut, so machen wir das.« Doktor Berger sah auf die Uhr. »Für heute um vierzehn Uhr ist eine OP geplant, bis dahin werden wir in der Notaufnahme mithelfen. Da haben Sie aus dem UKE bestimmt einen großen Erfahrungsschatz.«

»Ich habe schon den ein oder anderen Fall gesehen«, schmunzelte Frederik und folgte seinem Mentor hinunter in das Erdgeschoss. »Und manchmal war sogar ein kurioser Fall dabei …«

»Sie meinen die interessanten zwischenmenschlichen Unfälle?« Doktor Berger lachte und öffnete die Tür zur Notaufnahme. »Die sehen Sie hier überwiegend am Wochenende in der Nachtschicht.«

»Wochenende und Nachtschicht, die Grundlage für äußerst lustige Geschichten.« Frederik stimmte in sein Lachen ein und wurde sofort wieder ernst, als eine ihm unbekannte Ärztin auf sie zusteuerte.

»Für die Neurochirurgen gibt es Arbeit in der Drei, Sieben und in der Zehn«, rief sie im Vorbeilaufen.

»Na, das ist doch mal eine Übergabe.« Doktor Berger nahm sich Handschuhe aus einem Spender und betrat die erste Notfallkabine. »Moin, ich bin Doktor Berger, einer der Neurochirurgen«, stellte er sich vor, während sich Frederik erst einmal im Hintergrund hielt. »Was ist denn passiert?«

Aufmerksam musterte Frederik den jungen Mann auf der Liege, der stark benommen wirkte. Hinzu kam ein ausgeprägtes, beidseitiges Brillenhämatom in Form von dunklen Blutergüssen rund um beide Augen.

»Ich habe eine aufs Maul bekommen«, nuschelte der Patient undeutlich.

»Und wann ist das passiert?«, fragte Doktor Berger, während er vorsichtig das Gesicht seines Patienten betastete.

»So gegen halb Zwei«, überlegte der junge Mann laut und verzog das Gesicht vor Schmerzen.

»Doktor Hendriksson? Wie gehen wir vor?«, fragte Frederiks Mentor und sah seinen Schützling auffordernd an.

»CT-Untersuchung zum Ausschluss innerer Blutungen und um knöcherne oder Weichteilverletzungen beurteilen zu können«, erklärte Frederik, der auf solche Fragen nur gewartet hatte.

Pfleger brachten den Patienten zur Radiologie, währenddessen kümmerten sich Frederik und sein Mentor bereits um den nächsten wartenden Patienten. Dieses Mal blieb Doktor Berger in der beobachtenden Rolle.

»Ich bin die Treppe an der U-Bahnstation runtergefallen«, meinte Kevin Meier ausweichend.

»Und Sie sind auf dem Rücken gelandet?«, vergewisserte sich Frederik mit gerunzelter Stirn. »Spüren Sie Arme und Beine? Taubheitsgefühl? Ist irgendetwas anders als vor dem Sturz?«

Der junge Mann schüttelte den Kopf. »Alles entspannt, Doktor. Das wird einfach nur ein Bluterguss. Ich bin eigentlich nur hier, weil Nico so schwindlig war. Und wenn ich jetzt ohnehin hier bin, kann ich mich auch gleich ansehen lassen.«

»Bewegen Sie mal Arme und Beine«, bat Frederik seinen Patienten, ohne auf dessen Worte direkt einzugehen. »Tut Ihnen dabei etwas weh? Können Sie sich ganz normal bewegen?«

»Alles gut, Doktor«, versicherte Herr Meier betont gelassen. »Haben Sie Nico zufällig irgendwo gesehen? Er ist gleichzeitig mit mir eingeliefert worden und …«

»Ich kann Ihnen keine Auskunft zu anderen Patienten geben«, erklärte Frederik streng. »Es sieht aus, als hätten Sie bei Ihrem Sturz großes Glück gehabt. Dennoch möchte ich zur Sicherheit ein CT machen, um Verletzungen der Wirbelsäule auszuschließen.«

»Na schön«, gab Kevin Meier widerwillig nach. »Bis dahin haben Sie vielleicht auch Nico gefunden.«

Auch dieser Patient wurde von Pflegern abgeholt und zur Radiologie gebracht.

»Ich würde darauf wetten, dass sich die beiden geprügelt haben und einer unglücklich die Treppe hinuntergesegelt ist«, stellte Doktor Berger schmunzelnd auf dem Weg zum nächsten Behandlungszimmer fest.

»Wären sie nicht die ersten. Aber dann sollten sie es zumindest mit Ehrlichkeit versuchen.« Frederik lachte. »Andererseits, wann hören wir von unseren Patienten schon mal die Wahrheit? Jeder weicht mehr oder weniger in Lügen aus, um sich keine Blöße geben zu müssen.«

»Lügen, nur weil sie sich geprügelt haben? Das ist noch nicht sonderlich peinlich.« Doktor Berger öffnete die Tür und stellte sich bei seinem nächsten Patienten mit dem üblichen Begrüßungssatz vor.

Gut eine halbe Stunde später war Zeit, die CT-Aufnahmen der beiden Patienten anzusehen.

»Wie sieht die Wirbelsäule aus?«, fragte Frederik, während er das Kopf-CT auswertete.

»Das wird mit großer Wahrscheinlichkeit eine OP«, seufzte Doktor Berger. »Hier, sehen Sie?« Er deutete auf zwei Brustwirbel.

Frederik nickte und sah zurück auf seinen Bildschirm. »Hier haben wir einen Schädelbasisbruch, jedoch noch keine Anzeichen für eine Blutung. Dann nehmen wir ihn stationär auf mit strikter Bettruhe und wiederholen das CT in einigen Stunden.«

»Ohne Blutung müssen wir nicht operieren, das ist gut für den Patienten«, bestätigte Doktor Berger lächelnd und hob interessiert die Augenbraue, als Frederiks Telefon klingelte.

»Ist gut, danke.« Schon beendete Frederik das Telefonat und verdrehte die Augen. »Patientin Wagner klagt erneut über Kopfschmerzen, ich soll sie mir noch einmal ansehen.«

»Bezweifeln Sie denn, dass da etwas ist?«, wollte Doktor Berger neugierig wissen. »Oder versuchen Sie einfach nur, ihr persönlich aus dem Weg zu gehen?«

»Ich kenne sie, das ist ja das Problem. Caroline ist sehr

penetrant und unnachgiebig, wenn es darum geht, ihren Willen durchzudrücken. Dass sie mit mir spielt und möglichweise überhaupt keine oder allenfalls geringe Kopfschmerzen hat, steht für mich außer Frage.« Frederik stand auf. »Darf ich Sie mit den Patienten Müller und Maier, die sich ganz sicher nie geprügelt haben, alleine lassen? Oder soll ich erst hinterher auf Station nach Frau Wagner sehen?«

»Wenn das alles stimmt, was Sie gerade andeuten, sollten Sie besser sofort nach ihr sehen. Nicht, dass sie noch einen Aufstand probt.« Frederiks Mentor wirkte nachdenklich. »Und bevor es nicht mehr geht, ziehen Sie sich besser von diesem Fall zurück. Aber diese Einschätzung überlasse ich Ihnen.«

»Ihr Zustand ist gut, da kann sie morgen entlassen werden. Und dann bin ich dieses Problem auch gleich wieder los.« Frederik verließ die Notaufnahme kopfschüttelnd und konnte seinen Ärger auch nicht komplett verbergen, als er das Patientenzimmer seiner Ex-Freundin betrat.

»Was gibt es denn?«, fragte er reserviert und blieb am Fußende des Bettes stehen. »Die Pflegerin hat mich angerufen, dass du Schmerzen hättest?«

»Hätte? Ich habe tatsächlich Schmerzen.« Anklagend sah Caroline ihn an.

»Wo genau? Kopf, Nacken oder Rippen?« Frederik verschränkte die Arme.

»Was bist du denn so unfreundlich?«, wollte Caroline angefressen wissen. »Behandelst du alle Patienten so, wenn sie Schmerzen haben?«

»Du weißt ganz genau, wie ich alle meine Patienten behandle«, stellte Frederik angespannt klar. »Wofür ich jedoch kein Verständnis habe, sind Patienten, die meine Zeit verschwenden.«

»Meine Schmerzen verschwenden also deine Zeit?«, wiederholte Caroline angriffslustig, aber mit theatralischem Augenaufschlag.

»Vorausgesetzt, deine Schmerzen existieren tatsächlich.« Frederik seufzte. »Wie fühlt sich dein Kopf gerade an? Beschreib mir deine Beschwerden.«

»Das weißt du doch noch von heute Morgen. Wer hat denn jetzt Probleme mit dem Kopf?« Caroline funkelte Frederik an und verzog dann das Gesicht. »Au, jetzt tut es deutlich mehr weh.«

»Das passiert, weil du dich aufregst«, erklärte Frederik ungerührt und zog die Pupillenleuchte aus einer Kitteltasche, um die verpflichtenden Tests durchzuführen. Obwohl ihm die Situation zutiefst zuwider war, so hatte er trotzdem einen Job zu erledigen.

Kapitel 14

Der freie Tag nur mit Freja und Elina hatte Niklas' Akkus so weit wieder aufgeladen, sodass er seine nächste Schicht voller Tatendrang antrat. Die Krankschreibung von Doktor Wrede hatte er schon nach dem Termin in der Herz-Thorax-Chirurgie zerknüllt in den Tiefen seines Rucksacks versenkt.

»Sie haben doch ein Baby zu Hause, Doktor Thorsen. Wie können Sie da dermaßen ausgeschlafen aussehen?«, wollte Beckenspezialist Philipp Fuchs gähnend wissen.

»Die Kleine war letzte Nacht ausgesprochen rücksichtsvoll«, gab Niklas schmunzelnd zurück. »Davon könnten sich die Patienten der letzten Nacht bestimmt eine Scheibe abschneiden.«

»Drei Notoperationen und dutzende Konsile in der Notaufnahme.« Doktor Fuchs schüttelte den Kopf. »Die Restposten der vergangenen Nacht sind immer noch in der Notaufnahme, offenbar kam vor einer Stunde nochmal ein Schwung Patienten.«

»Wir sehen uns das an«, versicherte Maximilian Vollmer. »Was war denn in der Nachtschicht noch los?« Auffordernd sah Doktor Fuchs zu Assistenzärztin Isabel Weber, die ebenfalls nachts gearbeitet hatte und nun die Fälle der Neuzugänge für ihre Kollegen zusammenfasste.

»Bevor ich es vergesse, morgen kommen die neuen

Praktikanten«, fiel Philipp Fuchs noch ein, bevor sich die Kollegen der Frühschicht auf den Weg zur Visite machen konnten. »Professor Schneider erwartet, dass wir uns dieses Mal deutlich mehr Mühe geben. Die letzten Studenten haben sich wohl ganz schön bei ihren Dozenten beschwert.«

»Am besten holen wir den roten Teppich«, witzelte Doktor Vollmer und nickte. »Nein, das werden wir schon schaffen. Vielleicht waren die letzten Studenten auch einfach keine Fans der Unfallchirurgie.«

Niklas' erste Operation an diesem Vormittag war auf zehn Uhr fünfzehn terminiert, sodass er sich erst einmal auf den Weg in die Notaufnahme machte.

»Die Schwestern haben schon wieder etwas verwechselt, mein Patient hat Frühstück bekommen.« Maximilian Vollmer folgte Niklas in das Treppenhaus. »Ich kann dir also helfen, in der Notaufnahme aufzuräumen. Ob noch viele unfallchirurgische Patienten übrig sind?«

»Doktor Lucas ist schon seit einer halben Stunde in der Notaufnahme. Vielleicht hat sie schon vorsortiert ...« Niklas hielt seinem Kollegen die Tür auf.

Die Patienten der Unfallchirurgie und Orthopädie waren allesamt leicht bis mittelschwer verletzt und konnten einer nach dem anderen wieder entlassen werden. »Wunderbar, dann bin ich im OP.« Niklas sah auf die Uhr und ließ Maximilian im Arztzimmer mit Assistenzärztin Marina Lucas allein.

Leichtfüßig lief er nach oben in den ersten Stock und zog sich in der Umkleide OP-Kleidung an. Eine Haube und der Mundschutz vervollständigten sein Erscheinungsbild.

»Doktor Thorsen.« Die Tür zur Umkleide wurde just in dem Moment geöffnet, als Niklas selbst die Klinke berührt hatte. Ihm gegenüber stand Herzspezialist Oliver Wrede, der ihn mit hochgezogener Augenbraue musterte. »Ihre Definition einer Arbeitsunfähigkeitsbescheinigung ist sehr interessant. Legen Sie es tatsächlich auf eine weitere Embolie an? Ich hätte Sie deutlich vernünftiger eingeschätzt.«

Niklas starrte seinen behandelnden Arzt an und machte einen Schritt rückwärts, damit sie diese Unterhaltung wenigstens nicht halb im Flur führten. Leise schloss sich die Tür hinter Doktor Wrede.

»Ich lege es auf gar nichts an.« Niklas räusperte sich und verschränkte die Arme vor der Brust.

Oliver Wrede schüttelte den Kopf. »Ich habe Sie krankgeschrieben, damit sich Ihr Körper erholen kann, Doktor Thorsen«, erklärte er angepannt. »Alles in Ihren Blutwerten deutet auf eine stumme Embolie hin, bei der Sie Glück hatten, dass Sie keine größeren Blutgefäße verstopft hat. Vor anderthalb Jahren sind Sie mir mit einer schweren Lungenembolie fast auf dem Tisch geblieben. Legen Sie es wirklich auf eine Wiederholung an? Wollen Sie dem Tod unbedingt ein weiteres Mal so nahe kommen?«

»Mir geht es gut, ich bin fit. Sie haben meine Medikamente umgestellt, das können Sie so oft machen, wie es erforderlich ist. Aber ich sehe nicht ein, warum ich deswegen zu Hause herumsitzen muss«, zeigte sich Niklas uneinsichtig und starrte seinen Arzt herausfordernd an.

»Ich hoffe für Sie, dass Sie recht behalten, Doktor Thorsen. Ich sehe Sie nächste Woche.« Abrupt wandte sich Doktor Wrede um und schloss einen Spind auf.

Energisch drängte Niklas die Gedanken zu seinem ungeplanten Aufeinandertreffen mit Doktor Wrede in den Hintergrund und lief zum OP-Saal, in dem sein Patient bereits vorbereitet worden war.

»Guten Morgen, Doktor Thorsen.« Assistenzarzt Alexander Dobner lächelte hinter dem Mundschutz.

»Moin.« Niklas schlüpfte in die Bleiweste und schloss die Klettverschlüsse. »Kennen Sie den Fall? Haben Sie sich die Akte und die Röntgenaufnahmen bereits angesehen?«, fragte er und wusch sich steril.

»Wir operieren Ferdinand Pfister, fünfundsiebzig, er bekommt eine Hüft-TEP links. Eine Knieoperation rechts hat er vor einem halben Jahr ohne Komplikationen überstanden, für heute sind keine Probleme zu erwarten«, berichtete der Assistenzarzt und stellte sich an das zweite Waschbecken.

»Sie kennen diese Operationen bereits?«, wollte Niklas nachdenklich wissen. »Haben Sie eine Hüft-TEP bereits selbst eingesetzt?«

»Bisher nur zugesehen.« Alexander Dobner folgte Niklas in den OP-Saal. »Heißt das, ich darf etwas mehr als nur assistieren heute?«, fragte er hoffnungsvoll.

»Möglicherweise.« Niklas ließ sich in den Kittel helfen und trat dann an den OP-Tisch heran.

»Was war das?«, wollte Niklas scharf wissen, als Doktor Dobner der Haken schon nach gut zehn Minuten fast durch die Finger gerutscht wäre.

Der Assistenzarzt blieb stumm, denn er wusste: egal welche Antwort er jetzt geben würde, sie würde diesen Fehler nicht rechtfertigen.

»Ihnen ist schon klar, dass hier vor uns ein Patient liegt, bei dem wir uns keinen Fehler erlauben dürfen?« Niklas sah Alexander Dobner streng an. »Entweder konzentrieren Sie sich oder Sie lassen sich auswechseln. Hier im OP gibt es keine halben Sachen.«

Der Assistenzarzt nickte kaum merklich, sodass sich Niklas wieder mit voller Konzentration dem Oberschenkelknochen vor sich zuwandte. Er musste das Innere des Röhrenknochens etwas aufraspeln, damit er die Prothese einpassen konnte.

Leise drang das Piepsen des Überwachungsmonitors an Niklas' Ohr.

»Was ist los?«, fragte er in abwesendem Tonfall und zog den Probehüftkopf aus dem Knochen zurück. Als nächstes würde er den Zement in den hohlen Knochen einspritzen und die finale Prothese in die noch weiche Masse einschlagen. Der Zement war angesichts des Alters seines Patienten erforderlich, damit sich das neue Hüftgelenk nicht gleich wieder lockerte. Doch vorher musste er erst einmal abklären, welche Probleme es von Seiten der Anästhesie gab.

»Hast du eine größere Blutung?«, fragte die Anästhesistin zurück und versuchte, den Kreislauf von Ferdinand Pfister mit Medikamenten zu stabilisieren.

Konzentriert sah Niklas auf das Operationsfeld, doch er konnte nichts Ungewöhnliches oder eine akute Blutung entdecken.

»Nein, hier sieht alles unauffällig aus«, stellte Niklas

fest und sah ebenfalls zum Überwachungsmonitor, der sich gar nicht mehr beruhigen wollte. Spätestens seit der Notarztausbildung war das für Niklas keine Situation mehr, die ihn verunsicherte oder panisch werden ließ. Vielmehr begann er im Kopf sofort mit der systematischen Ursachensuche für den Zustand seines Patienten.

»Das präoperative EKG war unauffällig, der Patient hat keine Vorerkrankungen am Herzen«, fügte eine Pflegerin mit Blick in die Akte hinzu.

»Diese Erkenntnis hilft uns bei diesen massiven Herzrhythmusstörungen nur bedingt weiter.« Die Anästhesistin verabreichte ein weiteres Medikament und schüttelte nur den Kopf, als das Herz des Patienten plötzlich stehen blieb. »Reanimation, alarmieren Sie das Rea-Team!«, rief sie und schlug einen Teil der sterilen Tücher über dem Patienten zurück, um sofort mit der Herzdruckmassage zu beginnen.

Gleichzeitig deckte Niklas das OP-Feld steril ab und trat vom Patienten zurück. Ihm als Chirurg blieb gerade nur die Rolle des Zuschauers, während die Anästhesisten um das Leben von Herrn Pfister kämpften.

»Aber das EKG vor der Operation war doch in Ordnung«, wandte Alexander Dobner verunsichert ein, ohne den Blick vom Überlebenskampf des Patienten zu wenden.

»Theoretisch kann jeder Gesunde bei einer Operation oder anderen Behandlung Probleme mit dem Herzen bekommen – das kann Ihnen genauso wie mir passieren.« Niklas seufzte und zog sich die blutigen Handschuhe aus, dann trat er wieder an den Patienten heran. »Ich löse Sie ab«, bot er der Anästhesistin an und übernahm den nächsten Zyklus der Herzdruckmassage.

»Zeitpunkt des Todes, elf Uhr siebenundzwanzig.« Die Anästhesistin vervollständigte das Protokoll.

»So ein verdammter Mist«, murmelte Niklas und taumelte zwei Schritte rückwärts von seinem Patienten weg. Seine Arme zitterten noch vor Anstrengung und fühlten sich an wie Gummi, als er den OP-Kittel abstreifte und mit fahrigen Händen die Klettverschlüsse seiner Bleiweste löste.

Alexander Dobner folgte Niklas stumm in den Vorbereitungsraum und hängte seine eigene Bleiweste dort auf den Bügel.

»Es ist absolut unlogisch. Der Mann hatte keine Vorerkrankungen und war für sein Alter sehr fit. Die erste OP im Sommer hat er optimal vertragen. Warum jetzt? Warum muss sein Herz ausgerechnet jetzt versagen?«, stieß Niklas hervor und stützte sich schwer mit beiden Händen auf den Rand des Waschbeckens. Die Bleiweste hing ihm immer noch um den Oberkörper.

»Habe ich etwas falsch gemacht? War dieser Ausrutscher vielleicht …?«, fragte Doktor Dobner betreten.

Andeutungsweise schüttelte Niklas den Kopf und hatte Mühe, seine Gefühle unter Kontrolle zu halten. Hier war weder der richtige Ort noch der richtige Zeitpunkt, den ganzen Emotionen Raum zu lassen. Angestrengt atmete er ein paar Mal durch den geöffneten Mund ein und aus, ehe er sich zu einer Antwort in der Lage sah. »Dass Ihnen der Haken verrutscht ist, Doktor Dobner, hatte auf die OP keinen Einfluss. Dadurch kam es weder zu einer großen Blutung noch zu anderen Komplikationen. Ich gehe im Moment davon aus, dass sein Herz dem Stress der Narkose und der Operation an sich nicht mehr gewachsen war, obwohl die Untersuchungen vorab etwas anderes haben vermuten lassen. Sie tragen keine Schuld, Doktor Dobner.«

»Sie aber auch nicht«, entgegnete der Assistenzarzt und verließ den Vorbereitungsraum leise.

»Theoretisch weiß ich das«, murmelte Niklas und schaltete das Wasser ein. Tränen brannten in seinen Augen, während er seine Hände und Unterarme vorschriftsmäßig wusch.

Niklas ließ sich eine ganze Weile Zeit, um sich wieder zu sammeln. Erst dann verließ er den Vorbereitungsraum mit hängenden Schultern, zog sich in der OP-Schleuse einen Hygieneumhang über und machte sich dann auf die Suche nach den Angehörigen von Herrn Pfister. Normalerweise hätte er die Operation in diesem Moment erfolgreich beenden können, aber das Leben schrieb mal wieder seine ganz eigenen Geschichten.

»Frau Pfister?«, fragte Niklas beim Betreten des Wartebereichs auf der gleichen Etage.

Eine zierliche Frau mit schulterlangem, silbergrauem Haar hob den Kopf, der Mann um die fünfzig neben ihr war vermutlich ihr Sohn.

»Kommen Sie bitte«, bat Niklas die beiden ohne große Worte und führte sie in ein kleines Besprechungszimmer, das für Angehörigengespräche genutzt wurde.

»Wie ist es gelaufen?«, wollte Frau Pfister wissen, kaum hatte Niklas die Tür hinter ihr geschlossen.

Ihr Sohn musterte ihn stumm.

Stumm setzte sich Niklas den Angehörigen gegenüber an den Tisch und atmete langsam aus.

»Wie Sie wissen, habe ich Ihren Mann operiert, um ihm nach seinem Oberschenkelhalsbruch eine Hüftprothese einzusetzen«, begann er mit ruhiger Stimme und räusperte sich. Ein Kloß hatte sich in seinem Hals gebildet. »Bevor wir jedoch den neuen Hüftkopf einsetzen konnten, kam es zu massiven Herzrhythmusstörungen. Wir haben die Operation sofort unterbrochen und alles darangesetzt, das Herz Ihres Mannes wieder zum Schlagen zu bringen. Leider ist er heute um elf Uhr siebenundzwanzig verstorben. Es tut mir sehr leid.«

»Ferdinand … ist tot?«, wiederholte Frau Pfister geschockt, während der Sohn nur die Hände vor das Gesicht schlug.

»Ja«, bestätigte Niklas mit belegter Stimme.

Geduldig wartete er, bis sich die beiden Angehörigen wieder etwas gefasst hatten.

»Die Untersuchungen vor der Operation haben doch gezeigt, dass Papas Herz … dass es ihm gut geht. Warum ist das überhaupt passiert?«, fragte der Sohn von Niklas' Patienten mit bebender Stimme.

Lange hatte Niklas mit Herrn und Frau Pfister gesprochen und ihnen, so gut es ging, all ihre Fragen beantwortet, sodass er erst spät auf Station zurückkehrte.

»Wo kommst du denn her?« Überrascht musterte Maximilian Vollmer seinen Kollegen. »War deine OP nicht mittags zu Ende?«

»Der Patient ist verstorben und ich habe eben mit den

Angehörigen gesprochen.« Niklas wandte den Blick ab. »Das tut mir leid. Willst du darüber reden oder soll ich dich in Ruhe lassen? Manche Dinge muss man ja erst einmal mit sich selbst ausmachen und ...«, bot ihm sein Kollege an.

»Ich komme gern auf dein Angebot zurück, nur nicht heute. Ich will gerade nur die Übergabe hinter mich bringen und dann nach Hause«, stellte Niklas knapp fest. »Es ist nichts gegen dich, aber ich brauche gerade einfach ... etwas Zeit, das alles sacken zu lassen.«

Von der Schichtübergabe selbst bekam Niklas kaum etwas mit, denn in Gedanken war er immer noch im Gespräch mit den Angehörigen seines Patienten. Mit wenigen Worten hatte er deren Welt ins Wanken gebracht. Er hatte einer Ehefrau mitteilen müssen, dass ihr Mann tot war. Eine Frau hatte ihren Partner verloren, ein Sohn seinen Vater. Für Familie Pfister hatte sich das Leben unwiderruflich verändert.

Noch in der Umkleide schickte Niklas eine kurze Nachricht an Freja, dass er spontan noch auf das Gestüt fahren und erst später nach Hause kommen würde. Dann machte er sich auch schon auf den Weg zum Parkplatz. Gut eine Dreiviertelstunde Fahrt lag vor ihm, auf der er die rotierenden Gedanken mit lauter Musik zu übertönen versuchte.

»Was machst du denn hier?«, fragte Frederik Hendriksson überrascht, kaum dass Niklas aus dem Fahrzeug gestiegen war. Auch er war gerade erst auf das Gestüt zurückgekehrt.

»Unerwartet verstorbener Patient, ich brauche Sport

als Ablenkung«, erklärte Niklas knapp. »Und du? Ist dein Appartement doch nicht bewohnbar?«

Frederik schüttelte andeutungsweise den Kopf. »Soll ich dir Kleidung borgen oder bleibst du in Jeans? Und darf ich dir stumm mit Hector Gesellschaft leisten oder willst du ganz allein sein?«

Über eine Stunde trainierten Frederik und Niklas in der zweiten Reithalle am anderen Ende des Gebäudekomplexes, um Frederik in der anderen Halle nicht mit Erinnerungen an das Finale des Transplantationsskandals zu quälen.

»Kannst du die beiden Hindernisse noch um eine Stufe höher machen?«, bat Niklas seinen Freund keuchend und stellte sich in den Steigbügeln auf.

Wortlos folgte Frederik dieser Bitte und stellte sich dann wieder zu seinem Wallach Hector, mit dem er das abendliche Training bereits beendet hatte.

»Heya!« Energisch trieb Niklas seine Stute an und steuerte mit hohem Tempo auf das erste Hindernis zu. Malika schien für einen Moment in der Luft zu stehen, bevor ihre Hufe wieder den Hallenboden berührten und sie weiter zur Hindernis-Kombination führten.

»Nochmal«, verlangte Niklas keuchend, kaum dass er seine Stute neben Frederik zum Stehen gebracht hatte. »Eine Stufe höher geht noch.«

»Lass es gut sein für heute«, bat Frederik ihn, ohne sich auf das Hindernis zu zu bewegen. »Sonst fliegst du bei der nächsten Runde tatsächlich noch aus dem Sattel. Wann hast du eigentlich zuletzt etwas gegessen?«

»Frühstück, warum?«, antwortete Niklas, ohne nachzudenken. Irritiert runzelte er die Stirn und wischte sich mit dem Ärmel den Schweiß vom Gesicht.

»Sag du es mir, oder frag den Notarzt in dir. Deine letzte Mahlzeit ist über zwölf Stunden her und du zwingst deinen Körper gerade zu Höchstleistungen«, erklärte Frederik und nahm Malikas Zügel. »Und so wie du zuletzt geritten bist wirst du entweder dir oder Malika heute noch richtig wehtun. Willst du das wirklich?«

»Warum glaubt im Moment jeder zu wissen, was gut für mich ist?«, seufzte Niklas und schwang sich vom Rücken seiner Stute. Kurz schwankte er und hielt sich am Sattel fest, dann hatte sich sein Kreislauf wieder gefangen.

»Wie meinst du das?« Irritiert hob Frederik eine Augenbraue.

»Vielleicht solltest du dich mit Doktor Wrede austauschen. Euch beiden fallen bestimmt noch weitere Dinge ein, die ich verändern sollte.« Niklas lockerte Malikas Sattelgurt und führte sie dann langsam durch die Halle, um sie abtrocknen zu lassen.

»Doktor Wrede?«, wiederholte Frederik verwirrt. »Was habe ich denn ... du warst bei deiner üblichen Untersuchung? Was kam denn dabei heraus?«

»Er muss meine Medikamente anpassen, ansonsten ist alles in Ordnung.« Niklas schob das Hallentor auf und führte seine Stute zurück in den Stall, Frederik folgte ihm mit Hector.

»Er muss deine Medikamente anpassen, ansonsten ist alles in Ordnung?«, wiederholte Frederik. »Niklas, das kannst du vielleicht deiner Frau weismachen, aber du und ich wissen beide, dass das Unsinn ist.«

»Wenn du meinst.« Ächzend hob Niklas den Sattel von Malikas Rücken und verzog das Gesicht, weil ihm der Schmerz kurz in die rechte Seite gefahren war.

»Wenn ich das meine? Niklas ...« Frederik unterbrach die Pflege seines eigenen Pferdes und kam direkt auf seinen besten Freund zu. »Du hattest eine Lungenembolie direkt vor meinen Augen. Ich musste mitansehen, wie du bewusstlos vor mir zusammengebrochen bist. Und dann musste ich Freja über deine Notoperation informieren von der noch nicht einmal klar war, ob und in welchem Zustand du sie überleben würdest. Kannst du dir vorstellen, wie beschissen das sowohl für mich als auch für deine Frau war?«

Niklas blieb stumm und striegelte Malika mit gleichmäßigen Bewegungen.

»Du bist inzwischen Vater, Niklas. Warum trittst du deine Gesundheit mit Füßen? Warum ignorierst du die Ratschläge deines behandelnden Arztes?«

»Ich weiß, dass ich eine Tochter habe«, stellte Niklas angegriffen fest, ohne Frederik anzusehen. »Und ich kann meinen Körper wohl besser einschätzen als Außenstehende, meinst du nicht? Ich sehe die von Wrede vorgeschlagene Behandlung skeptisch, das ist mein gutes Recht.«

Frederik hatte ihm zumindest noch ein zuckerhaltiges Getränk aufgezwungen, bevor sich Niklas auf den Nachhauseweg machte.

Trat er seine Gesundheit tatsächlich mit Füßen?
Oder war das nur eine besonders drastische Formulierung gewesen, um ihn zum Nachdenken zu bewegen?
Ungeduldig trommelte Niklas mit den Fingern auf das

Lenkrad und beschleunigte den Audi auf der Land-straße bis zur erlaubten Höchstgeschwindigkeit.

Andererseits konnte er sich so wie Ferdinand Pfister auf seine Ärzte verlassen und dennoch sterben.

Auch ein Doktor Wrede konnte sich irren.

Warum also sollte er dem Herzspezialisten blindlings vertrauen?

Warum durfte er keine eigene Meinung haben und diese auch durchsetzen?

In den letzten anderthalb Jahren hatte er seinen Kör-per doch auch recht gut einschätzen können.

Elina schlief schon, als Niklas nach Hause zurückkehrte und Freja einen zärtlichen Begrüßungskuss gab.

»Was ist denn passiert?«, fragte sie beunruhigt und streichelte ihm über die Wange.

Niklas seufzte. »Ein Patient ist während der OP ver-storben, dabei haben sämtliche Voruntersuchungen keine Auffälligkeiten oder Hinweise auf Komplikatio-nen ergeben.«

»Das tut mir leid.« Freja suchte seinen Blick, doch Ni-klas wich ihr aus.

»Ich muss dringend duschen, kommst du mit?«, fragte er sie zaghaft. »Und was diesen Patienten angeht, da muss ich einfach eine Nacht darüber schlafen und alles etwas sacken lassen.«

»Verständlich.« Freja gab ihm einen Kuss und strei-chelte ihm dann über die Brust. »Na komm, lass uns duschen, solange Elina so friedlich schläft.«

»Das klingt, als hättest du größere Pläne. Und das ge-fällt mir sehr, sehr gut«, schmunzelte Niklas und zog sich das verschwitzte Oberteil über den Kopf. Ohne

Frejas Reaktion abzuwarten, zog er sie an sich und gab ihr einen leidenschaftlichen Kuss.

»Pläne werden überbewertet«, stöhnte Freja in den Kuss hinein, während sie ihm die Hose über die Hüften zerrte. »Ich will dich ganz, Niklas. Jetzt sofort.«

Stumm zog er sich aus und ließ Freja nicht aus den Augen, während sie sich ihrer Kleidung entledigte.

Kapitel 15

Dunkle Wolken zogen über den Himmel, als der Späher seinen silbernen VW Polo nach Hammerbrook steuerte. Frederiks Dienstplan nach war er gerade in der Asklepios-Klinik, sodass der Späher bei seiner Mission eigentlich nicht gestört werden dürfte.

Was hatte Frederik eigentlich dazu bewogen, vom UKE nach Sankt Georg zu wechseln in eine Klinik, die regelmäßig mit Negativschlagzeilen mit Angriffen auf Ärzte und Pflegepersonal auf sich aufmerksam machte?

Ob dieser Kontrast zum Universitätsklinikum bewusst gewählt war?

Oder war in der Uniklinik einfach keine passende Stelle frei gewesen?

Oder hatte man Frederik nach seiner Rolle im Transplantationsskandal dort gar nicht mehr beschäftigen wollen? Andererseits, auch Niklas Thorsen arbeitete weiterhin im UKE, obwohl er ebenfalls an der Aufklärung des Skandals beteiligt gewesen war.

Oder hatte am Ende dieser Onkel aus München etwas mit dieser Entscheidung zu tun? Immerhin hatte Frederik in den vergangenen beiden Jahren viele Monate im Süden Deutschlands verbracht.

Kopfschüttelnd bremste der Späher ab und parkte am Seitenstreifen. Frederiks Wohnung lag wenige hundert Meter entfernt. Er schnappte sich seinen vorbereiteten Rucksack vom Beifahrersitz und verließ dann das Fahrzeug mit hochgeschlagenem Jackenkragen.

Die Eingangstür zum Wohngebäude mit der Hausnummer hunderteins war offen, sodass dem Späher nur noch die Suche nach der richtigen Wohnung blieb.

»Bingo«, murmelte er beim Anblick des Namens auf dem Klingelschild der dritten Erdgeschosswohnung und zog leise die Reißverschlüsse seines Rucksacks auf. Er trug bereits dünne Arbeitshandschuhe, mit denen er die Dietrichtasche problemlos öffnen konnte.

Angespannt lauschte der Späher, doch das Treppenhaus lag völlig ruhig da, sodass er sich daran machte, das Türschloss zu öffnen.

Es kostete den Späher etliche Minuten, dann schwang die Tür endlich auf. Er horchte in die Wohnung hinein, doch es gab wie vermutet keine Alarmanlage und der Hund war wie üblich auf dem Gestüt.

Nach einem letzten Blick über die Schulter huschte der Späher in die Wohnung und schloss sie leise hinter sich. Es roch muffig, offenbar war lange niemand hier gewesen, um zu lüften.

»Hast du hier überhaupt schon einmal übernachtet?«, fragte der Späher beim Blick in das Schlafzimmer. Das Bett war frisch bezogen, die Schiebetüren des Schrankes ordentlich geschlossen. Auf dem Spiegel und dem Nachtkästchen war jedoch eine Staubschicht zu erkennen, die auf eine mangende Nutzung schließen ließen. Neugierig öffnete der Späher den großen Kleiderschrank und musterte die Garderobe seiner Zielperson. Hemden, Pullover, Jeans, Sakkos. Eine komplette Männer-Ausstattung und doch unberührt.

Im Badezimmer war die Zahnbürste nicht einmal ausgepackt worden, was die Theorie des Spähers weiter untermauerte, dass Frederik Hendriksson noch nicht eine Nacht hier verbracht hatte.

Warum hatte er die Wohnung überhaupt angemietet, wenn er sie doch nicht nutzte?

Zwar waren Hendrikssons nicht gerade für ihre Armut bekannt, doch auch sie warfen ihr Geld nicht grundlos aus dem Fenster.

Lag es an diesem Hund, den Frederik sich zugelegt hatte?

Oder gab es andere Gründe, die der Späher möglicherweise in den Audioaufnahmen finden könnte?

Langsam ging der Späher durch den Flur, sah flüchtig in den leeren Einbauschrank und öffnete auch in der Küche wahllos Schuladen und Schranktüren. Alles war voll eingerichtet und doch unbenutzt.

Das machte für den Späher überhaupt keinen Sinn.

Warum mietete jemand eine Wohnung an und stattete sie komplett aus, nur um sie dann nicht zu benutzen?

Welche Pläne hatte Frederik, über die er bislang nicht laut gesprochen hatte, zumindest nicht im Beisein seiner Familie?

Vertraute er sich in dieser Hinsicht eher Niklas Thorsen an, wie schon vor anderthalb Jahren, als er die ersten Ungereimtheiten bei Organspenden entdeckt hatte?

Nur, wie konnte er an Niklas herankommen? Dessen Wohnung lag im ersten Stock, da konnte er nicht einfach eine Abhörvorrichtung anbringen.

»Bei Niklas geht das vielleicht nicht, hier sollte das ein Kinderspiel werden«, murmelte der Späher und öffnete die Glastür zur Terrasse und dem kleinen Garten. Sein geübter Blick glitt über die buschige Hecke, die bis an das Haus heranreichte und perfekt geeignet war, die Vorrichtung zu verstecken. Damit war das primäre und riskante Ziel dieses Einbruchs erfüllt und der Späher hatte eine Informationsquelle mehr, auch wenn er nicht damit rechnete, in absehbarer Zeit aus dieser Wohnung brauchbare Audioaufnahmen zu erhalten.

Kapitel 16

»Hallo Doktor Thorsen, wir haben ja lange nicht mehr gemeinsam operiert. Ich freue mich.« Assistenzärztin Marina Lucas lächelte und stellte sich an das zweite Waschbecken in der OP-Vorbereitung.

»Ja, das stimmt«, bestätigte Niklas in neutralem Tonfall und stöhnte innerlich auf. Seit ihrem Versagen bei der Behandlung von Oliver Knappe im Vorjahr war Niklas kein Fan seiner jungen Kollegin und vermied es nach Möglichkeit, mit ihr zu arbeiten. Doch Maximilian hatte ihm bei der Dienstplanung vor einigen Tagen deutlich zu verstehen gegeben, dass er nicht nur mit seinen favorisierten Assistenzärzten arbeiten oder operieren durfte, sondern alle angehenden Fachärzte gleichermaßen unterrichten musste.

»Sind Sie vorbereitet?«, fragte Niklas und ging voran in den OP-Saal.

»Wir operieren Mathias Jaris, fünfundzwanzig, Schlüsselbeinfraktur«, berichtete Marina Lucas und sah ihn abwartend an.

»Wie gehen Sie diesen Bruch an?« Niklas deutete mit dem Kinn auf die Monitore mit den Röntgenbildern, während er sich von der OP-Schwester in den Kittel helfen ließ.

»Angesichts der Bruchstelle empfehle ich eine Titanplatte mit sechs Schrauben«, erklärte die Assistenzärztin selbstbewusst und setzte endlich das um, was Niklas ihr noch vor einem Jahr angekreidet hatte. Scheinbar hatte die angehende Unfallchirurgin einfach etwas länger Zeit benötigt als ihre Kollegen.

»Mhm …« Niklas dachte einen Moment lang nach und stellte sich dann bewusst auf die *falsche* Seite des Patienten, wo normalerweise die Assistenten standen.

»Dann wollen wir mal sehen, wie gut Sie Ihre Empfehlung umsetzen können.«

»Sie …« Marina Lucas hob eine Augenbraue. »Ich soll die Platte einsetzen?«

»Ich überlasse Ihnen den Beginn der OP. Danach entscheidet Ihr Können, wie viel Sie heute selbstständig operieren«, erklärte Niklas.

»Okay, das … das ist aber mein erstes Mal«, gab sie nervös zu. »Was, wenn …«

»Machen Sie sich keine Gedanken über Was-wäre-wenn-Momente. Ich lasse Sie nicht vorsätzlich in offene Messer rennen, Doktor Lucas. Alles, was ich erwarte, ist dass Sie die Operation Schritt für Schritt beginnen. Und dann sehen wir, wie gut Sie vorankommen«, beruhigte Niklas seine junge Kollegin, die ihn sehr an sein jüngeres Ich im zweiten Ausbildungsjahr erinnerte. Das waren noch andere Zeiten gewesen. Einfacher, unbeschwerter und mit deutlich weniger Verantwortung als jetzt. Elinas Geburt letzten Sommer hatte das Leben von ihm und Freja komplett auf den Kopf gestellt, doch er konnte sich nicht vorstellen, einen Tag ohne seine Tochter zu sein.

»Okay, ich bin so weit.« Marina Lucas atmete tief durch und ließ sich das Skalpell in die ausgestreckte Handfläche legen. »Der Schnitt wird circa zehn Zentimeter lang und geht direkt über die Bruchstelle«, fasste sie ihren ersten Schritt zusammen und sah zu Niklas, um sich das Vorgehen bestätigen zu lassen.

»Die Haut ist recht dünn, geben Sie also keinen großen Druck auf die Klinge«, riet Niklas seiner Kollegin. »Und versuchen Sie einen möglichst geraden Schnitt.«

Kurz zitterte das Skalpell in der Hand der Assistenzärztin, dann hatte sich Doktor Lucas wieder im Griff. Konzentriert sah sie auf das Operationsfeld und begann den Eingriff mit der Eröffnung der obersten Hautschicht.

Unter Niklas' Anleitung hatte Marina Lucas den Eingriff komplett selbstständig beendet und trat dann mit einem Strahlen in den Augen vom OP-Tisch zurück.

»Das haben Sie richtig gut gemacht«, lobte Niklas die Assistenzärztin und stutzte, weil er Doktor Wrede am Fenster des Vorbereitungsraumes entdeckte.

War das ein Kontrollbesuch seines behandelnden Arztes wegen der ignorierten Arbeitsunfähigkeitsbescheinigung?

Laut raschelnd entfernte Doktor Lucas die sterilen Tücher von ihrem Patienten und zog sich anschließend den OP-Kittel aus.

»Wie gehen Sie postoperativ vor? Worauf müssen Sie achten?«, fragte Niklas immer noch abgelenkt, obwohl Doktor Wrede längst aus seinem Blickfeld verschwunden war.

»Für die ersten ein bis zwei Tage ist eine Ruhigstellung des Schultergelenks nötig, danach kann der Patient bereits mit Physiotherapie beginnen.« Marina Lucas ging voran in den Vorbereitungsraum, Niklas folgte ihr mit etwas Abstand.

»Wir haben später noch einen gemeinsamen Eingriff, oder?«, fragte Niklas zerstreut. Doktor Wredes Verhalten irritierte ihn, auch wenn er das nur ungern zugab.

»Eine Talus-Fraktur, richtig«, bestätigte Doktor Lucas und trocknete sich bereits Hände und Unterarme wieder ab. »Die OP ist für dreizehn Uhr eingeplant.«

»Gut.« Niklas schenkte seiner jungen Kollegin ein Lächeln. »Vergessen Sie bitte nicht, den OP-Bericht zu schreiben und mit mir zu besprechen.«

Während Doktor Lucas den Funktionsbereich noch einmal verlassen hatte, setzte sich Niklas in die kleine Küche des OP-Bereichs und ließ den Vollautomaten eine Tasse Kaffee ausspucken.

»Doktor Thorsen, das ist ja eine interessante Definition einer Arbeitsunfähigkeitsbescheinigung. Legen Sie es wirklich auf eine weitere Embolie an?« Doktor Wredes Stimme klang Niklas schon wieder in den Ohren.

»Ich lege es auf gar nichts an«, murmelte Niklas in die Stille hinein und trank einen kleinen Schluck Kaffee.

»So wie du gerade geritten bist wirst du entweder dir oder Malika heute noch richtig wehtun. Willst du das wirklich?« Auch Frederiks Intervention vom letzten gemeinsamen Training tauchte in Niklas' Erinnerung auf.

»Du hattest eine Lungenembolie direkt vor meinen Augen und ich musste mitansehen, wie du bewusstlos vor mir zusammengebrochen bist. Das ist trotz unseres Jobs kein Vergnügen, Niklas. Inzwischen hast du sogar eine Tochter. Warum trittst du deine Gesundheit wieder so mit Füßen? Was ist dein Ziel? Wieder eine Embolie? Oder warum ignorierst du Doktor Wredes Ratschläge?«

Nachdem die erste Operation gemeinsam mit Marina Lucas erfolgreich zu Ende gegangen war, hatte Niklas die große Hoffnung, dass das auch für den zweiten Eingriff galt und das Verhalten seiner Kollegin keine einmalige Ausnahme gewesen war.

»Warum habe ich mich für einen Fixateur externe entschieden?«, fragte Niklas und arbeitete sich konzentriert zu den einzelnen Knochenfragmenten im Sprunggelenk seiner Patientin vor. »Warum verwende ich keine Platten oder Schrauben?«

Doktor Lucas beugte sich vor, um besser sehen zu können, während sie über ihre Antwort nachdachte.

»Welche Indikationen für einen Fixateur externe kennen Sie?« Niklas sah vom Operationsfeld auf.

»Ähm, warten Sie, gleich …« Doktor Lucas wirkte nervös. »Bei drohenden Infektionen wegen offenen Knochenbrüchen? Wenn der gleiche Knochen mehrfach gebrochen ist. Oder wenn es ausgedehnte Weichteilschädigungen gibt.«

»Und was trifft auf unseren Fall hier zu?«, fragte Niklas unnachgiebig weiter.

»Dass der Knochen mehrfach gebrochen ist.« Marina Lucas wirkte verunsichert.

»Sie wissen doch die richtigen Antworten, dann sagen Sie das doch auch.« Niklas tauschte Pinzette gegen Bohrer und begann, den Trümmerbruch mit Stangen außerhalb des Körpers zu stabilisieren.

Begünstigt durch die Kunststoffbeschichtung der Bleiweste und die körperliche Anstrengung rann Niklas der Schweiß nur so den Rücken hinab, während er die letzte Schraube im Sprunggelenk seiner Patientin versenkte. Über das Röntgenbild überprüfte er die korrekte Positionierung der Bruchstücke.

»Fertig.« Niklas atmete schwer und trat vom OP-Tisch zurück. »Machen Sie bitte die Wundversorgung, Doktor Lucas.«

Mit angeschlagenem Kreislauf kämpfte sich Niklas aus dem OP-Kittel und taumelte in den Vorbereitungsraum. Ihm war so schwindlig, sodass sich der Raum vor seinen Augen zu drehen begann.

Hastig riss sich Niklas den Mundschutz vom Gesicht und ließ sich mit dem Rücken an der Wand zu Boden gleiten. Erst dann schaffte er es, die Klettverschlüsse der schweren Bleiweste zu öffnen und sich die Weste von den Schultern zu schieben. Prompt fröstelte er, denn sein dunkelblaues OP-Hemd war fast komplett durchgeschwitzt und klebte ihm nun auf der Haut.

»Vor zwei Jahren sind Sie mir nach einer schweren Lungenembolie fast auf dem Tisch geblieben, legen Sie es wirklich auf ein zweites Mal an? Wollen Sie dem Tod wirklich ein weiteres Mal so nahekommen?« Schon wieder war Doktor Wredes Stimme in Niklas' Kopf.

»Nein, das will ich nicht. Aber es muss andere Wege geben als den, den Sie mir vorschlagen«, murmelte Niklas und atmete tief durch.

In drei Tagen hatte er seinen nächsten Termin in der Ambulanz der Herz-Thorax-Chirurgie und sein Bauchgefühl verhieß nichts Gutes. Zwar nahm er inzwischen die neuen Tabletten, doch an seinem Zustand hatte sich nichts zum Besseren verändert. Vielmehr war das Gegenteil der Fall und ließ Niklas stark daran zweifeln, dass der Behandlungsvorschlag seines Arztes der richtige war.

Kapitel 17

Nachdem Caroline am zweiten Tag nach ihrem Unfall entlassen worden war, gestalteten sich die Arbeitstage für Frederik Hendriksson wieder deutlich angenehmer. Er war einfach nur froh, seine Ex-Freundin nicht mehr täglich sehen zu müssen.

Bevor Frederiks jedoch in seine freien Tage starten konnte stand ihm noch ein Gespräch mit Professor Drechsel und seinem Mentor Doktor Berger bevor.

»Ist das hier Standard?«, fragte Frederik nervös auf dem Weg zum Büro des Chefarztes.

Doktor Berger nickte und betätigte den Türöffner. Die breiten Flügeltüren schwangen begleitet von elektronischem Surren auf.

»Das Gespräch am Ende der ersten Arbeitswoche hat sich etabliert, um den neuen Mitarbeiter losgelöst vom hektischen Alltag noch einmal abzuholen und mit ihm die guten und weniger gut gelaufenen Dinge zu besprechen«, erklärte Doktor Berger und durchquerte das Vorzimmer des Chefarztbüros, Frederik folgte ihm.

»Gibt es denn weniger gut gelaufene Dinge, die Sie mir nicht gesagt haben?«, fragte Frederik nachdenklich. Unwillkürlich beschleunigte sich sein Herzschlag, obwohl er sich selbst nichts vorzuwerfen hatte. *Konnte er sich dermaßen getäuscht haben?*

Sein Mentor schüttelte andeutungsweise den Kopf und betrat dann das Büro von Professor Drechsel.

»Wie ist denn der Einstieg aus Ihrer Sicht abgelaufen? Was war gut, was hat Sie gestört?«, fragte der Chefarzt nach kurzem Smalltalk und musterte Frederik aufmerksam.

»Doktor Berger hat meinen Einstieg definitiv erleichtert, indem ich einfach bei ihm mitlaufen konnte und so alle wichtigen Bereiche und Abläufe kennengelernt habe«, begann Frederik nach kurzem Nachdenken.

»Das freut mich, zu hören.« Professor Drechsel lächelte und warf Frederiks Mentor einen kurzen Seitenblick zu.

»Auch die Rückkehr in den OP ist mir dank Doktor Berger gut gelungen. Ich durfte assistieren, musste mein Wissen unter Beweis stellen und hatte immer die Chance, auch abseits von Operationen meinem Ausbildungsstand entsprechend selbstständig zu arbeiten«, fasste Frederik seine Erfahrungen zusammen und entspannte sich langsam.

»Sie haben sich auch dann sehr professionell verhalten, als Sie mit einer Patientin eine private Vorgeschichte hatten. Und Sie haben Doktor Berger zu diesem Umstand informiert. So möchte ich das sehen und freue mich sehr, dass Sie unser Team verstärken.« Professor Drechsel stand auf. »Ich wünsche Ihnen erholsame freie Tage und wir sehen uns am Dienstag.«

Auch für Doktor Berger war die Schicht nach diesem Gesprächstermin beendet, sodass er Frederik zur Umkleide folgte und an der Tür stehen blieb, ohne sie zu öffnen.

»Sie haben einen guten Start hingelegt, Doktor Hendriksson. Und ich freue mich, dass ich meinen Teil dazu beigetragen habe.« Doktor Berger reichte Frederik die Hand. »Ich bin Stefan.«

»Frederik.« Lächelnd nahm er das angebotene *Du* an. Im UKE hatte er auch mit vielen seiner Kollegen einen zwangloseren Umgang gehabt und eigentlich nur die Oberärzte und den Chefarzt gesiezt.

Ein zufriedenes Lächeln hatte sich auf Frederiks Gesicht festgesetzt, als er das Klinikgebäude verließ und sich auf den Weg zum Gestüt seiner Familie machte. Die Woche war wesentlich besser gelaufen als er sich das bei seiner Unterschrift unter dem Vertrag hätte vorstellen können.

Nach einigen Nachfragen zu seinem Familiennamen war die Neugierde seiner direkten Kollegen erst einmal befriedigt gewesen, sodass Frederik langsam das Gefühl hatte, durchatmen zu können. Er wollte diesen beschmutzten Namen zwar immer noch abstoßen, doch für den Moment konnte er einigermaßen damit leben.

Entspannt lehnte sich Frederik im Sitz zurück und steuerte seinen Wagen über die Bundesstraße. Seit er den Stadtverkehr hinter sich gelassen hatte war er allein auf der Straße.

Vielleicht konnte er sich ja doch an das Pendeln gewöhnen, immerhin hatte das diese Woche auch sehr gut funktioniert?

Das wäre auch für Baal die einfachste Lösung, denn der kleine Garten seines Appartements war kaum der Rede wert.

Dauerhaft war sein kleines Zimmer im Hauptgebäude jedoch alles andere als optimal. Vielleicht fand man auf dem weitläufigen Gelände mit seinen zahlreichen Nebengebäuden eine Möglichkeit, jedem ein eigenes Reich zu gestalten? Vielleicht sollte er das beim gemeinsamen Abendessen mit Julian und Oliver einfach ansprechen und herausfinden, wie deren Pläne zu der aktuellen Wohnsituation aussahen.

Auf dem Gestüt herrschte reges Treiben, als Frederik am späten Nachmittag dort eintraf. Zahlreiche Fahrzeuge parkten dort und ließen vermuten, dass gerade mindestens ein Reitkurs stattfand.

»Na?« Sein Bruder Oliver kam Frederik aus dem Hauptgebäude entgegen. »Unser Bruder ist dir auf halber Strecke nicht zufällig begegnet, oder?«

»Julian? Nein, ihn habe ich nicht gesehen. Wohin ist er denn unterwegs?«, wollte Frederik irritiert wissen.

»Er holt Francesca vom Flughafen ab. Sie bleibt wohl eine Weile bei ihm«, berichtete Oliver. »Ich bin gespannt, wie lange diese On-Off-Beziehung dieses Mal hält. Letztes Jahr hatten sie sich lange verkracht und erst im Herbst wieder versöhnt.«

»Wir werden es herausfinden«, schmunzelte Frederik. »Wo ist Baal?«

»Er schläft im Wohnzimmer.« Olivers Miene veränderte sich beim Blick über Frederiks Schulter. »Wenn du gleich fliehst, vermeidest du ein Aufeinandertreffen mit deiner Ex-Freundin.«

»Frederik!« Caroline steuerte direkt auf die Brüder zu und gab ihm so keine Chance, ihr noch aus dem Weg zu gehen.

»Caro.« Frederik blieb reserviert und musterte sie nur knapp. »Sind deine Kopf- und Rippenschmerzen abgeklungen oder passt du dich nur rein optisch der Umgebung an?«, wollte er angesichts ihrer Reitkleidung wissen. *Hatte sie so kurz nach ihrem Autounfall tatsächlich schon wieder an einer Reitstunde teilgenommen?* Für Frederik schwer vorstellbar, doch bei Caroline wusste man nie.

»Auch zu Hause kannst du nur schwer vom Job abschalten, mhm?« Caroline lächelte zaghaft. »Darf ich dich kurz unter vier Augen sprechen?«

»Ich bin schon weg!« Oliver entfernte sich mit langen Schritten und verschwand im Stallgebäude.

»Was willst du noch?«, fragte Frederik mit genervtem Unterton.

»Ich wollte mich für mein Verhalten auf Station entschuldigen, das war nicht besonders nett.« Caroline wirkte aufrichtig und sah Frederik scheu an. »Ich weiß nicht, was da in mich gefahren ist.«

»Schon gut. Du bist nicht mein erster und nicht mein letzter Patient, der sich im Tonfall vergreift. Entschuldigung angenommen.« Frederik wandte sich sofort zum Gehen.

»Darf ich dich als Entschuldigung auf einen Kaffee einladen?«, fragte Caroline und berührte ihn am Arm, um ihn zurückzuhalten.

»Ich weiß nicht, Caro. Wir sind kein Paar mehr, ich war zuletzt dein behandelnder Arzt und …«, seufzte Frederik und wusste nicht, was er von diesem Angebot halten sollte.

»Das ist mir alles bewusst. Ich möchte dich im Rahmen meiner Entschuldigung nur auf einen Kaffee einladen, keine Hintergedanken.« Caroline ließ seinen Arm wieder los.

»Ein Kaffee«, stimmte Frederik ihr schließlich mäßig begeistert zu, um dieses Gespräch endlich zu beenden. »Hast du noch meine Nummer? Dann schreib mir bitte einfach, wann es für dich günstig ist. Im Schichtplan findet sich bestimmt eine Lücke.«

»Danke.« Caroline atmete erleichtert auf und lief dann zu ihrem Kleinwagen, den sie nahe der Hofzufahrt geparkt hatte.

Die Ankunft von Julians Freundin Francesca brachte den regulären Abendablauf der Brüder gehörig durcheinander, sodass sie erst gegen Neun im Wohnzimmer zusammensaßen.

»Sie hat sich hingelegt, der Flug war ganz schön anstrengend«, berichtete Julian und unterdrückte selbst ein Gähnen.

»Wie lange bleibt sie?«, wollte Oliver neugierig wissen.

Frederik hob interessiert eine Augenbraue, während er Baal mit gleichmäßigen Bewegungen streichelte.

»Sie … wir …« Julian wurde rot. »Francesca ist schwanger und wird deswegen auf unbegrenzte Zeit hierbleiben. Wir wollen uns eine Chance geben, eine richtige Familie zu werden.«

»Sie ist schwanger?«, wiederholte Oliver. »Dann hat eure letzte Versöhnung also Früchte getragen?«

»So sieht es aus«, bestätigte Julian kopfschüttelnd.

»Herzlichen Glückwunsch«, gratulierte Frederik ihm und schmunzelte. »Wer hätte gedacht, dass du von uns Dreien der erste bist, der eine Familie gründet?«

»Du hast gut lachen«, seufzte Julian. »Ich sehe in erster Linie nur Probleme, allein wenn du dir die Wohnsituation ansiehst. Wie soll denn das funktionieren, wenn du weiterhin hier wohnst? Versteh mich nicht falsch, Frederik, ich freue mich, dass du hier endlich wieder eine Heimat gefunden hast. Aber das macht die Raumsituation nicht einfacher. Wo zaubere ich denn jetzt ein Kinderzimmer hervor? Oder ein Familienzimmer?«

»Ich habe vorhin im Auto ebenfalls über dieses Thema nachgedacht. Das Pendeln funktioniert wesentlich unkomplizierter, als ich es vermutet habe, sodass mit dem Gedanken spiele, meine Wohnung wieder zu kündigen oder zumindest unterzuvermeiten.« Frederik ließ seine Hand auf Baals Rücken liegen. »Was haltet ihr davon, wenn wir hier am Hof etwas umbauen und erweitern, damit alle Platz haben, ohne zu eng aufeinander zu hängen?«

Kapitel 18

Ein ungutes Bauchgefühl begleitete Niklas am späten Vormittag in die Ambulanz der Herz-Thorax-Chirurgie. Bereits am Vortag war ihm Blut abgenommen worden, jetzt stand ihm die Besprechung der Laborergebnisse mit Doktor Wrede bevor.

»So, Doktor Thorsen, kommen Sie bitte.« Der Herzspezialist holte Niklas bereits aus dem Wartezimmer, bevor er sich überhaupt setzen konnte.

Stumm folgte Niklas seinem behandelnden Arzt in das Sprechzimmer und setzte sich. »Wie sieht es aus?«, fragte Niklas in die entstandene Stille hinein.

Doktor Wrede ließ sich Zeit, die digitale Krankenakte aufzurufen und die Laborergebnisse zu lesen. »Eine Antwort auf diese Frage möchte ich von Ihnen hören, nachdem Sie sich über die Arbeitsunfähigkeitsbescheinigung hinweggesetzt haben. Sie haben viel operiert und waren auch an einigen Tagen als Notarzt unterwegs. Wie ist es Ihnen dabei ergangen?«, fragte Doktor Wrede in einem Tonfall, den Niklas nicht so recht einordnen konnte. Und das machte ihn erst recht nervös.

»Die Schichten waren kein Problem, sonst hätte ich ja doch noch Gebrauch von der Bescheinigung gemacht. Die neuen Medikamente nehme ich wie besprochen.« Niklas verschränkte die Arme vor der Brust. »Wie sehen die Blutwerte denn jetzt aus?«

Doktor Wrede schüttelte den Kopf. »Alles in Ihren Blutwerten deutet auf eine stumme Embolie hin, die Sie entweder ignorieren oder mir Ihre Beschwerden verschweigen. Zudem steigen die Entzündungsmarker signifikant an, der Sprung innerhalb einer Woche ist deutlich zu sehen.« Er musterte Niklas nachdenklich. »Ich habe es letzte Woche schon gesagt, Doktor Thorsen, Ihr Zustand gefällt mir überhaupt nicht. Die Umstellung der Medikamente hat nicht den gewünschten Effekt gezeigt, sodass wir da noch einmal nachjustieren müssen. Sie bekommen weitere Medikamente und einen Termin für die Computertomografie. Ich will sehen, was da gerade in Ihrer Lunge vor sich geht.«

»Von mir aus.« Niklas deutete ein Schulterzucken an. »Abhängig vom Ergebnis der bildgebenden Diagnostik werde ich Sie für dienstuntauglich erklären und dies melden. Nachdem Sie Ihren Krankenschein ignoriert haben, sehe ich keine andere Möglichkeit, zu Ihrem Wohl und dem Ihrer Patienten«, fuhr Doktor Wrede ernst fort und stellte Niklas das Rezept für die neuen Medikamente aus. »Vereinbaren Sie hier bitte einen Folgetermin, sobald der Termin in der Radiologie feststeht. Und versuchen Sie nicht, das zu verzögern. Ich bekomme schon mit, was Sie zwischen den Terminen bei mir veranstalten.«

»Ich habe gemerkt, dass Sie mich immer wieder beobachtet haben«, gab Niklas unbeeindruckt zurück. »Machen Sie das eigentlich bei all Ihren Patienten?«

»Nur bei den besonders uneinsichtigen, die eigentlich stationär behandelt werden müssten. Nur treiben mich diese Patienten gern in den Wahnsinn, wenn sie nicht einmal im Ansatz auf ihren Körper Rücksicht nehmen und glauben, dass sie alles besser wissen. Aber das kennen Sie von Ihren eigenen Patienten bestimmt auch.« Doktor Wrede stand auf und verabschiedete Niklas an der Tür zum Flur.

In der Radiologie hatte Niklas auf die Schnelle niemanden erreicht, sodass er direkt zur Umkleide lief und sich für die bevorstehende Notarzt-Schicht umzog.

»Vielleicht habe ich später noch einen ruhigen Moment und rufe erneut in der Radiologie an«, überlegte Niklas laut und schloss seinen Spind ordentlich ab. »Auf ein oder zwei Tage Verzögerung kommt es auch nicht mehr an.«

»Was verzögert sich?« Überrascht hob Maximilian Vollmer die Augenbrauen und ließ die Tür zum Flur hinter sich zu fallen.

»Ich muss nur einen Termin für eine Routineuntersuchung ausmachen und habe telefonisch bisher niemanden erreicht«, stellte Niklas fest und nahm seine Einsatzjacke von der Bank. »Dir eine ruhige Schicht und bis morgen auf Station.«

»Oder später in der Notaufnahme. Es kommt immer darauf an, welche Patienten du einsammelst.« Maximilian schmunzelte und zog sich eilig um, denn Schichtbeginn war in wenigen Minuten.

»Neue Woche, neues Glück«, stellte Volker Wegener fröhlich fest und hielt Niklas die Tür zur Rettungswache auf.

»So kann man es auch sehen.« Unwillkürlich schmunzelte Niklas und schob die Gedanken an seinen Termin bei Doktor Wrede ganz weit von sich.

Niklas und Volker blieb gerade so Zeit für die Fahrzeug-übergabe und den üblichen Check der Ausrüstung, dann wurden sie bereits zu ihrem ersten Einsatz gerufen.

»Wir haben eine Schlägerei an der Lombardsbrücke mit einer schwerverletzten Person, die Polizei ist bereits vor Ort«, las Niklas aus der Einsatzmeldung.

»Es geht also zur Alster. Warum nicht.« Volker steuerte das Notarztfahrzeug die Ausfahrt der Notaufnahme entlang und beschleunigte auf der Hauptstraße stark. Mit Blaulicht und Martinshorn bahnte er sich gewohnt sicher seinen Weg zur Einsatzstelle.

Der Einsatzort auf der Brücke zwischen Binnen- und Außenalster war bereits von weitem gut zu erkennen, denn mehrere Streifenwägen und ein Rettungswagen waren bereits eingetroffen.

»Holst du die Ausrüstung, dann gehe ich schon vor und überprüfe die Lage?« Niklas wartete die Antwort seines Kollegen gar nicht ab, sondern stieg aus dem Fahrzeug und lief eilig auf die Personengruppe zu. Die Rettungsassistenten reanimierten den jungen Mann auf dem Boden und nahmen Niklas' Ankunft nur am Rande zur Kenntnis.

»Was ist passiert?«, wollte Niklas atemlos wissen, denn sein Brustkorb protestierte schmerzhaft gegen die plötzliche Anstrengung.

»Schläge und Tritte gegen Brust und Kopf. Er war bei unserem Eintreffen ohne Bewusstsein und wurde kurz darauf reanimationspflichtig«, informierte ihn der Notfallsanitäter, während er Elektroden auf den Brustkorb des Mannes klebte.

Angespannt sah Niklas auf das Display des Corpuls-Geräts, auf dem eigentlich der Herzschlag des Patienten angezeigt werden sollte.

»Wir starten die Analyse«, entschied Niklas, während der zweite Notfallsanitäter mit der Herzdruckmassage fortfuhr. »Danach wechseln wir bei der Kompression durch.«

Inzwischen hatte Volker auch die weitere Ausrüstung aus dem Notarztwagen geholt und begann sofort, alles für die Beatmung vorzubereiten, nachdem Niklas dem Patienten bereits zwei großvolumige Zugänge gelegt hatte.

»Halten Sie das bitte.« Der Notfallsanitäter drückte einem der Polizisten die Infusionsbeutel in die Hand, deren Inhalt durch ihre erhöhte Position besser in den Blutkreislauf des Patienten fließen konnte.

»In der nächsten Pause intubiere ich, Sie wechseln sich noch einmal mit der Kompression ab«, entschied Niklas und hielt den Tubus bereits in der Hand.

Sobald der Notfallsanitäter die Herzdruckmassage unterbrach, führte Niklas den Beatmungsschlauch konzentriert in die Luftröhre seines Patienten ein.

»Weiter drücken«, wies er den Notfallsanitäter ein und verzog das Gesicht, weil ihm erneut der Schmerz durch den Brustkorb gefahren war. Die Narbe war heute sehr empfindlich, vermutlich lag das aber nur am nächsten Wetterwechsel.

Inzwischen wurde der Patient maschinell beatmet, dazu unterstützte Niklas die Reanimation mit Medikamenten, doch bisher hatten sie das Herz des jungen

Mannes nicht einmal mit Stromstößen zurück in einen normalen Rhythmus bringen können.

»Wir fahren unter laufender Reanimation in die Klinik, damit hat er die beste Überlebenschance«, entschied Niklas. »Geben Sie das bitte noch über Funk durch.«

Volker packte die Ausrüstung wieder zusammen, während sich der Rettungswagen bereits schaukelnd in Bewegung setzte. Weit fahren mussten sie nicht, denn die Asklepios-Klinik war keine fünf Minuten entfernt, wo sie im Schockraum bereits von einem großen Team erwartet wurden.

»Wir bringen einen unbekannten Patienten nach massiver Gewalteinwirkung gegen Kopf und Brustkorb. Er wurde kurz nach dem Eintreffen des Rettungswagens reanimationspflichtig. Trotz mehrfacher Defibrillation gibt es bisher keinen Rhythmus, sodass wir unter laufenden Wiederbelebungsmaßnahmen gefahren sind«, fasste Niklas die bisherigen Maßnahmen knapp zusammen und half dann, den Patienten umzulagern, ohne die Reanimation zu unterbrechen.

Die Narbe seitlich an seinem Brustkorb zog noch immer schmerzhaft, als Niklas den Schockraum verließ und sich innerlich seltsam leer fühlte.

Hatte es vor anderthalb Jahren so ähnlich ausgesehen, als Doktor Wrede um sein Leben gekämpft hatte?

Wie oft hatte man ihn defibrillieren müssen, bis sein Herz wieder in normalem Rhythmus geschlagen hatte?

Wie lange war er faktisch tot gewesen?

Hatte Doktor Wrede ihn damals bereits aufgegeben?

Ein Seufzen entfuhr Niklas auf dem Weg zurück zum Einsatzfahrzeug.

Hatte Doktor Wrede am Ende doch recht mit seinen Bedenken, was Niklas' Gesamtzustand anging?

Steckte mehr hinter diesen episodenhaften Narbenschmerzen?

Hatte er tatsächlich eine weitere Embolie erlitten, ohne es zu bemerken?

Und waren die Kreislaufprobleme und die Atemlosigkeit zuletzt Anzeichen oder besser gesagt Folgen dieser Embolie?

»Niklas? Was machst du denn hier?« Frederik Hendriksson schloss rasch zu ihm auf.

»Ich habe euch einen neuen Schockraumpatienten gebracht, damit euch die Beschäftigung nicht ausgeht.« Niklas schnitt eine Grimasse. »Und natürlich wollte ich dich sehen.«

»Verstehe.« Frederiks Blick ging zur Uhr. »Ich muss weiter in den OP, aber ich habe morgen Nachmittag frei. Hast du Zeit?«

»Ich nehme mir die Zeit«, versicherte Niklas. »Komm einfach vorbei.«

Kapitel 19

»Hier ist es ja ruhig«, stellte Frederik überrascht fest, als Niklas die Wohnungstür hinter ihm schloss.

»Freja ist mit Freundinnen in der Stadt unterwegs und hat Elina mitgenommen«, erklärte Niklas und ging voran in das Wohnzimmer. »Wie lief die OP gestern noch, zu der du nach unserem Gespräch geeilt bist?«

»Es ging um euren Reanimationspatienten. Er hatte eine massive Hirnblutung, die bereits irreparablen Schaden angerichtet hat.« Frederik schüttelte den Kopf und setzte sich in den Sessel. »Und bei dir? Wie viele Einsätze seid ihr hinterher noch gefahren?«

»Eine weitere Reanimation, ein Schlaganfall und ein Verdacht auf akuten Blinddarm. Und pünktlich zum Abendessen gab es noch eine Messerstecherei mit mehreren Schwerverletzten«, zählte Niklas kopfschüttelnd auf und unterdrückte ein Gähnen. »Die Leute spinnen im Moment ganz schön. Beinahe in jeder Notarztschicht darf ich jemanden mit einem Messer im Körper einsammeln. Das ist doch nicht mehr normal.«

»Normal ist immer relativ.« Frederik schmunzelte und wurde rasch wieder ernst. »Wir benötigen für solche Patienten nicht einmal mehr den Rettungsdienst, seit unsere Patienten mit Messern bewaffnet zur Behandlung kommen. Unser Sicherheitsdienst hat gerade an den Wochenenden ganz schön zu tun damit.«

»Messerstechereien in der Notaufnahme?« Niklas verzog das Gesicht. »Ich meine, klar, das bekommt man unweigerlich mit, aber das ist schon … beunruhigend.«

»Wir alle sind von diesen Entwicklungen beunruhigt. Als wir beide unsere Assistenzarztausbildung begonnen haben war es noch ein absurder Gedanke, dass es Sicherheitsdienste in der Notaufnahme gibt. Mittlerweile ist das unsere Lebensversicherung, seit es täglich Übergriffe auf Ärzte und Pflegepersonal gibt.«

»Dein neuer Arbeitsplatz liegt halt auch in einer spannenden Gegend, die du überhaupt nicht mit Eppendorf vergleichen kannst«, merkte Niklas an.

»Apropos vergleichen …« Frederik lachte über seine holprige Überleitung. »Wie geht es dir eigentlich mit dem Wechsel zwischen Station und Notarztdienst? Das sind ja zwei komplett unterschiedliche Welten, die sich nur schwer vergleichen lassen, oder?«

»So kann man es ausdrücken.« Niklas schmunzelte. »Ich bin froh, dass ich mich für diese Zusatzausbildung entschieden habe, die mich sehr selbstständig und unabhängig von anderen Abteilungen arbeiten lässt. Auf der Straße kannst du nicht einfach einen Internisten oder anderen Kollegen hinzuziehen, das musst du alles selbst abdecken können.«

»Verstehe. Dich hat also die Herausforderung gereizt, und das schicke Auto«, neckte Frederik seinen besten Freund. »Damit kann man dann den glänzenden Retter in der Not spielen …«

»Für eine Jungfrau in Nöten?«, ging Niklas auf den Spaß ein und lachte. »So romantisch ist der Dienst als Notarzt definitiv nicht. Ich fürchte, diese Illusion muss ich dir nehmen.«

»Verdammt.« Frederik kicherte und wurde dann rasch

wieder ernst. »Sag mal, welchen Eindruck hattest du eigentlich von Caroline, als du sie nach ihrem Unfall betreut hast?«

»Deine Ex?« Niklas runzelte die Stirn. »Wie kommst du denn darauf? Ist etwas vorgefallen?«

»Sie hat sich auf Station ziemlich aufgeführt, sich aber vor ein paar Tagen bei mir auf dem Hof dafür entschuldigt. Und um ihrer Entschuldigung Nachdruck zu verleihen, hat sie mich auf einen Kaffee eingeladen«, erklärte Frederik den Hintergrund seiner Frage und unterdrückte das nächste Seufzen.

»Und du hast zugesagt? Nicht dein Ernst, Frederik.« Niklas schüttelte den Kopf. »Du hast die Beziehung vor einem halben Jahr beendet, was dir aus meiner Sicht wahnsinnig gutgetan hat. Warum willst du nun wieder rückwärtsgehen?«

»Du hältst das also für einen Fehler?«, vermutete Frederik resigniert.

»Ich halte es für einen gewaltigen Fehler«, bekräftigte Niklas seinen Standpunkt. »Hör mal, ich bin der Letzte, der dir dein privates Glück nicht gönnt. Aber ich bin der festen Überzeugung, dass Caroline nichts Gutes im Schilde führt. Und so wie sie dich nach dem Transplantationsskandal behandelt hat ist sie nicht die richtige Frau für dich.«

»Mhm … Aber es ist nur ein Kaffee und wir treffen uns auf neutralem Boden. Ich höre mir ihre Entschuldigung an, dann gehen wir wieder getrennte Wege. Das sieht mir nicht nach einem gewaltigen Fehler aus«, überlegte Frederik laut. »Oder verschweigst du mir in dieser Hinsicht etwas?«

Niklas schüttelte den Kopf. »Nein, ich weiß nicht mehr

als du. Und letztlich ist es ja deine Entscheidung, die ich respektieren muss.« Er lächelte andeutungsweise und wechselte dann das Thema. »Wie ist es dir eigentlich noch in deiner neuen Klinik ergangen? Konntest du dich gut einleben oder hast du neue idiotische Kollegen gefunden, so wie ich letztes Jahr Doktor Jürgen?«

»Es lief besser, als ich das erwartet hätte«, gab Frederik zu. »Fachlich komme ich immer besser zurecht und mein Mentor ist sehr nett. Das ist mehr, als ich vor dem Start zu hoffen gewagt hatte.«

»Und dein Nachname?«, fragte Niklas unsicher.

»Meine Kollegen haben in den ersten paar Tagen sehr viel danach gefragt, aber das hat sich wieder beruhigt. Es ist nur so erniedrigend und zermürbend, immer wieder mit diesem Mann in Verbindung gebracht zu werden. Deswegen bereite ich mit meinen Brüdern gerade den Antrag auf Namensänderung vor. Wir wollen Mamas Mädchennamen annehmen, dann haben wir zumindest wieder einen gemeinsamen Nachnamen.«

»Schon komisch, dass eure Mutter euch nicht gleich bei diesem Änderungsprozess mitgenommen hat«, stellte Niklas fest. »Aber wenn sie es geschafft hat, diesen Namen abzulegen, dann bekommt ihr das auch hin.«

»Eben. Wir müssen uns da ein wenig in Geduld üben, dann wird das schon. Apropos Geduld … warst du dieser Tage nicht noch einmal bei Doktor Wrede?« Frederik musterte seinen besten Freund aufmerksam, denn ihm war bewusst, dass er sich mit seiner Frage gerade sehr weit vor in ein Mienenfeld gewagt hatte.

»Ja, er wollte noch einmal die Blutwerte bestimmen, nachdem er die Medikamente umgestellt hatte.«

»Und?«, bohrte Frederik vorsichtig nach. »War die Umstellung erfolgreich?«

»Er hat noch einmal andere Präparate und Dosierungen aufgeschrieben und hofft, dass die dann Wirkung zeigen.« Niklas schüttelte den Kopf. »Wenn du mich fragst, hat Wrede gerade nicht den Hauch einer Ahnung, was los ist, und behandelt mich aufs Geratewohl.«

»Das mag sein«, meinte Frederik zurückhaltend. »Aber ich vermute, dass du ihm da auch nicht besonders hilfst, deinen Problemen auf den Grund zu gehen.«

»Ich mache doch, was er sagt«, wiegelte Niklas ab. »Ich tanze zu all seinen Kontrollterminen an und lasse sogar Zusatzuntersuchungen machen. Was will er mehr?«

»Dein Kernproblem ist das gleiche wie bei mir«, wagte sich Frederik noch einen Schritt weiter vor. »Du verschließt die Augen vor der unschönen Wahrheit und verleugnest alles, was damit zu tun hat. Bei mir ist es die Aufarbeitung von Carolinas gewaltsamen Tod und des Transplantationsskandals, bei dir ist es die Einsicht, dass es dir gesundheitlich überhaupt nicht gut geht.«

Aufmerksam musterte Frederik seinen besten Freund, der in dumpfes Brüten verfallen war. Seine Aussage hatte den Kern des Problems wohl recht gut getroffen, doch Niklas würde das nicht so ohne weiteres zugeben oder einsehen.

»Ich war bei deiner ersten Embolie hautnah dabei, Niklas«, redete er Niklas ins Gewissen. »Du bist direkt vor mir zusammengebrochen. Ich habe gemeinsam mit Doktor Wrede die Erstversorgung übernommen, bis man dich in den OP geschoben hat. Ich habe deine Frau über alles informieren müssen. Inzwischen hast du sogar eine Tochter. All das sind doch Gründe, es nicht noch einmal so weit kommenzulassen, meinst du nicht?«

»Ich kooperiere mit Wrede, alles Weitere liegt in seiner Hand«, blieb Niklas stur.

»Demnach weiß Freja überhaupt nichts davon?« Frederik unternahm einen letzten Versuch, Niklas zu einem anderen Verhalten zu bewegen.

»Freja weiß, dass ich Termine bei Wrede hatte und als Folge neue Medikamente nehme.« Irritiert runzelte Niklas die Stirn. »Ich lüge meine Frau nicht an, falls du das damit andeuten wolltest.«

Kapitel 20

Die Nachtschicht hatte Frederik gemeinsam mit seinem Mentor Stefan Berger viel Arbeit im OP beschert und war dadurch wie im Flug vergangen.

»Dann sehen wir uns heute Abend auf ein Neues«, verabschiedete sich Frederik gähnend auf dem Parkplatz und schloss sein Auto auf.

»Bis später.« Doktor Berger winkte und lief weiter zur Bushaltestelle, während sich Frederik auf den Weg zum Gestüt machte.

Ein silberner VW fuhr lange Zeit hinter ihm her und ließ Frederik grübeln. Seit er in der neuen Klinik zu arbeiten begonnen hatte sah er häufig einen silberfarbenen Kleinwagen dieses Fabrikats in seinem Umfeld.

Ein Zufall? Oder steckte da mehr dahinter?

Erst am frühen Nachmittag riss der Handywecker Frederik aus dem Tiefschlaf, einen Moment später bekam er Baals feuchte Schnauze zu spüren.

»Ist ja gut, ich stehe ja schon auf«, gähnte Frederik verschlafen und herzte den jungen Hund neben seinem Bett. »Wir gehen gleich eine große Runde spazieren, wie gefällt dir das?«

Baal wedelte mit dem Schwanz und ließ ihn nicht aus den Augen. Seine Ohren zuckten aufmerksam.

»Lass mich nur erst duschen und frühstücken, dann können wir los.« Frederik stand auf und verließ sein

Zimmer barfuß. Baal folgte ihm wie üblich und legte sich fiepend vor die Badtür, die Frederik direkt vor ihm geschlossen hatte.

»Darf ich euch begleiten?«, fragte Julian, gerade als Frederik Baal die Leine anlegte.

»Gesprächsbedarf?«, vermutete Frederik und hielt seinem Bruder die Tür auf.

»Wie war dein Treffen mit Niklas gestern?«, wich Julian der Frage zunächst aus und schlenderte entspannt neben ihm her.

»Frag lieber nicht. Er ist noch besser im Verleugnen von Problemen als ich, und das will etwas heißen. Aber davon abgesehen hatten wir einen entspannten Nachmittag.« Frederik musterte ihn von der Seite. »Worum geht es? Worüber wolltest du sprechen?«

»Oliver und ich haben gestern Abend lange mit Mama über den Hof gesprochen und wie wir mehr Platz für alle schaffen können«, berichtete Julian. »Wir haben ja etwas abseits noch dieses größere Gebäude, das im Moment mehr als Müllhalde dient. Und Mama hat vorgeschlagen, dass wir das ausbauen. Damit könnte einer im Haupthaus wohnen bleiben und die anderen beiden ziehen jeweils in eine Hälfte des Gebäudes. Vorausgesetzt natürlich, wir bekommen den Umbau genehmigt. Was hältst du von der Idee?«

»Ist viel Arbeit, könnte sich aber lohnen.« Frederik zog sanft an der Leine, um Baal wieder daran zu erinnern, wer von ihnen beiden das Sagen hatte. »Wie läuft es eigentlich mit dir und Francesca?«

Julian seufzte. »Das große Klärungsgespräch hatten wir ja erst Ende letzten Jahres, das können wir uns also sparen. Aber dass sie schwanger ist, war nie geplant. Und es bringt mich ganz schön ins Grübeln.«

»Zweifelst du etwa, ob du überhaupt der Vater bist?«

»Nein, ich glaube ihr. Und zeitlich passt es ja auch, dass ich …« Julian brach ab und schüttelte den Kopf. »Na ja, was mich mehr beschäftigt ist die Frage, wie das alles funktionieren soll. Unsere Beziehung steht auf sehr wackligen Säulen, die für den Moment halten. Aber genügt das als Grundlage für unsere Familie? Wird uns dieses Baby näher zusammenbringen oder wieder in alte Verhaltensmuster schicken?«

Frederik blieb stumm.

Was sollte er seinem Bruder in dessen Situation raten, wenn er selbst nicht genau wusste, wie er mit seiner eigenen, ehemaligen Beziehung umgehen sollte?

Diese Gedanken beschäftigten Frederik auch auf der Fahrt zurück nach Hamburg, wo er für diesen Nachmittag mit Caroline in einem Café verabredet war. Seine Ex-Freundin wartete bereits auf dem Parkplatz und strahlte, als er aus dem Auto ausstieg.

»Ich freue mich, dich wiederzusehen.« Schon umarmte Caroline ihn und gab ihm einen Kuss auf die Wange. »Wie war die Fahrt? War viel Verkehr?«

Frederiks Herzschlag hatte sich angesichts der vertrauten Berührungen deutlich beschleunigt.

»Komm, lass uns erst einmal setzen und bestellen, dann können wir in Ruhe sprechen.« Vertraut hakte sie sich bei Frederik unter und führte ihn zum Eingang des Cafés.

Überfordert sah sich Frederik um und ließ sich zu einem Tisch am Fenster führen. Auf seltsame Weise tat ihm Carolines Nähe gut, auch wenn ihm das Herz wie verrückt pochte. *Warum reagierte er körperlich so offensichtlich auf seine Ex-Freundin?*

Die Szene unter der Dusche direkt nach seiner Ankunft hier in Hamburg kam ihm wieder in den Sinn. Auch darin hatte Caroline eine Hauptrolle gespielt und ihn körperlich an den Rand der Selbstbeherrschung getrieben.

»Worüber denkst du so angestrengt nach?«, fragte Caroline neugierig und legte den Kopf schief.

»Ich … ähh …« Ertappt zuckte Frederik zusammen und spürte, wie ihm das Blut in die Wangen stieg.

Der Kellner rettete ihn aus der peinlichen Situation und nahm die Bestellung auf, dann war Frederik wieder allein mit seiner Ex-Freundin.

»Wie ist es dir seit unserer Trennung im Sommer ergangen?«, wollte Caroline wissen, bevor die Stille zwischen ihnen erdrückend wurde. »Wie war dein Aufenthalt bei deinem Onkel?«

»Ich bin erst im Dezember nach Hamburg zurückgekehrt, weil mir die Zeit bei Onkel Karl so gutgetan hat«, berichtete Frederik und hob kurz den Blick, als der Kellner mit ihrer Bestellung zurückkehrte.

»Heißt das, du warst erfolgreich bei deiner Suche nach den fehlenden Puzzleteilen?« Caroline rührte etwas Zucker in ihren Kaffee und musterte ihn nachdenklich.

»Erfolgreich ist ein dehnbarer Begriff. Aber ich denke, ich habe sinnvolle Ansatzpunkte gefunden. Mein Hund spielt dabei eine Hauptrolle, vielleicht hast du ihn auf dem Hof schon einmal gesehen.« Frederik betrachtete seine Tasse gedankenversunken. »Falls du mit deiner Frage eher einen Therapiebeginn gemeint hast, muss ich dich jedoch enttäuschen. So weit habe ich es immer noch nicht geschafft.«

»Manche Dinge benötigen mehr Zeit, das habe ich inzwischen gelernt. Und rückblickend war es nicht sehr nett oder hilfreich von mir, dich zu irgendetwas drängen zu wollen«, gab Caroline reumütig zu und sah ihn aus großen Augen an. »Es tut mir leid, wie ich mit dir umgegangen bin. Das war nicht fair.«

Frederik verschluckte sich beinahe an seinem ersten Schluck Kaffee. »Woher kommt denn diese Einsicht?«, fragte er argwöhnisch.

»Auch ich habe seit Juni einige schmerzhafte Lektionen gelernt.« Caroline schob ihre Hand etwas nach vorn und berührte seine Fingerspitzen zaghaft. »Ich verstehe, warum du dich so entschieden hast, und bedaure die Rolle, die ich dabei gespielt habe.«

»Schon gut.« Frederik trank einen weiteren Schluck aus seiner Tasse und wechselte dann das Thema. »Auf welchem Kommissariat arbeitest du inzwischen?«

»Ich absolviere mein Praktikum auf dem elften Kommissariat in Sankt Georg«, berichtete Caroline und beugte sich leicht vor, sodass Frederiks Blick unweigerlich von ihrer halbtransparenten Bluse angezogen wurde. Zwar trug Caroline darunter ein dunkles Top, doch sie gewährte ihm äußerst anregende Einblicke. »Die Kollegen sind sehr nett, das ist viel wert. Manche meiner Mitstudierenden haben nicht so viel Glück.«

»Äh was? Ja, so etwas ist blöd«, kommentierte Frederik abgelenkt und versuchte, sich wieder auf den Inhalt ihres Gesprächs zu konzentrieren. Das war jedoch leichter gesagt als getan, denn die Erinnerung an ihn und Caroline gemeinsam unter der Dusche schob sich wieder vor sein inneres Auge. Wie sie ihn leidenschaftlich geküsst hatte und schließlich vor ihm auf die Knie gesunken war. Und …

»Wenn ich Eintritt bezahle, darf ich dann an deinem Kopfkino teilhaben?«, fragte Caroline und spielte mit ihrer Kette herum. »Oder gefällt dir einfach nur der Anblick?«

»Dein Anblick … weckt … gewisse Erinnerungen«, gab Frederik abgehackt zu. Er räusperte sich energisch, doch er hörte selbst, wie die Erregung seinen Tonfall verändert hatte. Er sehnte sich nach körperlicher Nähe und wollte sich seinem Verlangen am liebsten einfach nur nachgeben.

»Wir könnten unser Treffen natürlich an einen etwas privateren Ort verlegen und gemeinsam in Erinnerungen schwelgen«, stellte Caroline fest und lächelte. »Ich bin mir aber nicht sicher, ob wir es bis zum Gestüt schaffen …«

»Ich habe in der Nähe eine kleine Wohnung.« Frederik fingerte die Geldbörse aus seiner Jackentasche, legte einen Schein auf den Tisch und stand auf. »Komm, ich fahre. Dein Auto können wir später noch holen, bevor ich zur Arbeit muss.«

Die kurze Autofahrt wurde für Frederik zur Beherrschungsprobe, den Carolines Hände auf seinem Körper steigerten die Erregung nur noch weiter.

»Hier entlang«, keuchte Frederik in den Kuss hinein und schloss sein Auto per Knopfdruck ab. Unter weiteren Küssen stolperten sie zum Hauseingang und erreichten kurz darauf sein Appartement.

»Hast du etwas dabei?«, fragte Caroline, als die Wohnungstür endlich aufschwang und sie eng umschlungen in den Flur taumelten.

»Im Bad.« Frederik löste sich nur äußerst widerwillig von Carolines weichen Lippen, holte ein Kondom aus dem Badezimmer und zog sich auf dem Weg in das Schlafzimmer bereits den Pullover über den Kopf.

»Komm her«, flüsterte er und stöhnte laut auf, als Caroline mit beiden Händen über seine Hose streichelte. Geschickt öffnete sie die Knöpfe und schob ihm den Stoff über die Hüften. Ihre Lippen auf seinem Körper brachten Frederik beinahe um den Verstand, dabei sehnte er sich nach nichts anderem als Erlösung.

Der leidenschaftliche Kuss erstickte das gemeinsame Stöhnen, als Frederik schließlich halb über Caroline zusammensank und sich aus ihr zurückzog. Aufatmend plumpste er neben sie auf die Matratze.

»Das war überwältigend«, keuchte Caroline, während sich ihr Brustkorb mit den Blutergüssen auf der linken Seite rasch hob und senkte.

»Wie geht es den Rippen?« Frederiks Hand schwebte über den Verfärbungen, doch er berührte sie nicht.

»Die waren gerade Nebensache. Und auch sonst geht es immer besser.« Caroline strich sich die langen, dunkelbraunen Haare zurück und lächelte gedankenverloren.

»Freut mich.« Ein kleines Lächeln zeigte sich auf Frederiks Gesichtszügen, als er sich langsam wieder aufsetzte und das Schlafzimmer schließlich in Richtung der Küche verließ. Seine Kehle war ganz ausgetrocknet und verlangte dringend nach Wasser.

Schweigend hielt Frederik wieder auf dem Parkplatz des Cafés vom Nachmittag.

»Danke.« Caroline beugte sich über die Mittelkonsole und gab ihm einen Kuss auf die Wange. »Ich schätze, man sieht sich?«

Frederik lächelte mit abwesender Miene. »Komm gut nach Hause.«

Er beobachtete Caroline, wie sie über den Parkplatz lief und schließlich aus seiner Sicht verschwand.

Was war nur in ihn gefahren?

Wie hatte er nur mit seiner Ex-Freundin wieder im Bett landen können?

Die vergangenen Stunden fühlten sich an wie ein gewaltiger Fehler, wenngleich ihm die Erlösung unendlich gutgetan hatte.

Er hatte Caroline benutzt, um sich besser zu fühlen. Das Verhalten kam ihm bekannt vor, denn sein Vater hatte das perfektioniert.

Seufzend schob Frederik seine Gedanken beiseite und verließ den Parkplatz wieder. Seine Schicht begann erst um zehn Uhr abends, vorher war er noch mit seiner Mutter in deren Wohnung verabredet.

Kapitel 21

Begleitet von böigem Wind und Schneeregen kehrte der Späher am frühen Abend in seine Wohnung zurück, nachdem er zuvor die Speicherkarten in allen Abhörvorrichtungen getauscht hatte. Die tropfende Outdoor-Jacke warf der Späher achtlos auf den Sessel, die Schuhe streifte er sich am Schreibtisch sitzend von den Füßen. Wie üblich konnte er es kaum erwarten, die Audiodateien auf seinen Laptop zu überspielen und auszuwerten.

»Beginnen wir mit der kürzesten Aufnahme«, entschied der Späher und betrachtete den Verlauf der Frequenzen in Frederik Hendrikssons Wohnung. Es gab nur einen Zeitpunkt, in dem offensichtlich jemand in der Wohnung gewesen war.

Irritiert lauschte der Späher den Geräuschen, die über die Kopfhörer an sein Ohr drangen und die er zunächst nicht so recht einordnen konnte.

»Lass mich nicht betteln«, keuchte eine Frauenstimme, begleitet von Frederiks leisem Stöhnen.

»Wer hätte das gedacht«, kommentierte der Späher schmunzelnd und schlug eine neue Seite in seinem Notizbuch auf. Er lauschte Frederiks sexuellem Abenteuer nur mit halbem Ohr und hielt stattdessen seine Gedanken im Notizbuch fest.

»Wann sehen wir uns wieder?«, fragte die Frau und riss den Späher aus seiner Versunkenheit.

»Caroline …«, seufzte Frederik. »Das Thema hatten wir doch schon. Ich will keine neue Beziehung, daran hat sich durch diesen Nachmittag nichts geändert.«

»Aber …«, protestierte Frederiks Ex-Freundin halblaut. »Du … du kannst mich nicht einfach für Sex benutzen und dann fallen lassen wie eine heiße Kartoffel.«

»Wir waren beide nicht unschuldig daran, dass wir vorhin im Bett gelandet sind«, stellte Frederik ruhig fest. »Es war nie meine Absicht, dich auszunutzen. Es tut mir leid, falls du so empfindest.«

Falls du so empfindest … der Späher schüttelte nur den Kopf. Das war typisch für die Hendrikssons, dass ihnen die Gefühle anderer völlig gleichgültig waren. Es war an der Zeit, dass auch Frederik Hendriksson lernte, dass er so nicht mit seinen Mitmenschen umgehen durfte, ohne dass es Konsequenzen gab.

Inzwischen hatte sich der Späher eine Schale Eiscreme an den Schreibtisch geholt und lauschte den Aufnahmen nun mit den Füßen auf der Tischplatte. Mittlerweile war er bei Victoria Andersen angekommen, die wie üblich stundenlang nur Klavier gespielt hatte.

»Ich freue mich auch, dich übermorgen wiederzusehen«, stellte die Pianistin schließlich fest und ließ den Späher noch einmal zurückspulen, um den Anfang des Telefonats mitzubekommen.

»Pierre? Das ist ja schön, dass du mich zurückrufst.« Frederiks Mutter klang anders als sonst, irgendwie … euphorischer. »Ich habe dich auch vermisst, glaub mir. Aber es war für meine Söhne wichtig, dass ich für einige Wochen am Stück bei ihnen war. Genau, Frederik hat endlich wieder Fuß gefasst hier in Hamburg.«

Interessiert machte sich der Späher Notizen.

Wer war dieser Pierre?

War er der neue Mann in Victoria Andersens Leben?

Führten sie eine Beziehung oder war das nur eine Affäre?

Wie lange lief da schon etwas zwischen den beiden?

War er der Hauptgrund, warum Frederiks Mutter ihren Nachnamen so schnell nach dem Tod ihres Mannes geändert hatte?

Wussten ihre Söhne von der neuen Beziehung ihrer Mutter?

Die Türglocke riss den Späher aus seiner Frageliste und sich aufrecht hinsetzen, denn er hörte im Hintergrund Frederiks Stimme.

»Frederik, ich freue mich, dass das vor meinem Abflug noch geklappt hat. Sieh dich ruhig um«, lud Victoria Andersen ihren Sohn ein und lief ebenfalls in der Wohnung herum. »Ich habe noch Braten von gestern übrig. Isst du mit mir, bevor du in die Klinik fährst?«

»Zu deinem Braten könnte ich nie *Nein* sagen«, gab Frederik schmunzelnd zurück. »Wann geht denn dein Flug morgen? Und wie lange bist du insgesamt wieder unterwegs?«

»Ich fliege in der Früh um halb Zehn und bin dann mit dem Orchester vier Wochen lang quer durch Südamerika unterwegs«, berichtete Frederiks Mutter und deckte den Geräuschen nach an den Tisch. »Ich weiß, das ist wieder eine lange Zeit, die wir getrennt sind. Aber ich bin immer da für euch, auch wenn ein Ozean und mehrere Zeitzonen zwischen uns liegen. Falls irgendetwas ist, meldet euch bei mir, ja?«

Vier Wochen Tour, das war typisch für Victoria Andersen. Der Späher schüttelte den Kopf. Sie war über die Hälfte des Jahres unterwegs und schien ihre Söhne in dieser Zeit kaum zu vermissen. Dass sie schon seit Jahren vor ihrem inzwischen verstorbenen Ehemann in die Musik und die damit verbundenen Reisen geflüchtet war, konnte der Späher noch einigermaßen nachvollziehen.

Doch warum fuhr sie mit diesem Vagabundenleben fort? Warum wurde sie nicht endlich sesshaft und baute sich ein richtiges Familienleben auf?

»Wie hast du dich in der Klinik eingewöhnt?«, fragte Victoria, nachdem sie und Frederik beim Essen geschwiegen hatten. »Kommst du nach deiner langen Pause wieder in einen Rhythmus?«

»Ich komme gut zurecht«, meinte Frederik. »Und fachlich bin ich auf einem recht guten Stand, das hätte ich selbst nicht erwartet.«

»Und was ist mit deinen Befürchtungen, was deinen Nachnamen betrifft?«, fragte Frederiks Mutter nachdenklich weiter. »Hat sich das bewahrheitet oder war es doch etwas … weniger schlimm?«

»Natürlich gab es Fragen, das bleibt nicht aus.« Frederik seufzte. »Inzwischen haben wir alle ein professionell-neutrales Verhältnis, darüber hinaus ist mein Mentor sehr nett. Aber es ändert eben nichts daran, dass meinem Namen ein gewisser Ruf vorauseilt.«

»Dass dich das belastet, verst…«

»Es ist ja nicht nur der Ruf und die Verbindung des Namens mit dem großen Transplantationsskandal«, redete Frederik erregt weiter, ohne seine Mutter ausreden zu lassen. »Es geht für mich persönlich vor allem darum, wie sehr dieser Mann mein Leben beeinflusst, gelenkt und zerstört hat. Er hat meine Verlobte eiskalt erschießen lassen und mir dies über Jahre hinweg verschwiegen. Er hat Niklas durch ganz Schweden jagen lassen. Und er hat dafür bezahlt, dass ich ermordet werde. Dieser Name erinnert mich mit jedem Mal an diese grausame Person, die Gott gespielt und gleichgültig über Menschenleben entschieden hat!« Frederik räusperte sich und fuhr wieder etwas gemäßigter fort. »Er hat dutzende Patienten getötet, um ihre Organe für viel Geld zu verkaufen ungeachtet der Tatsache, dass es Patienten gab, die regelkonform auf ein Spenderorgan gewartet und gehofft haben. Sein abgekartetes Spiel um Macht und Geld hat nicht nur die unfreiwilligen Organspender das Leben gekostet, sondern auch genauso viele unschuldige Menschen, die ganz legal auf eine Transplantation gewartet haben und dabei gestorben sind.«

»Es ist nicht nur für dich schwer, diese Version deines Vaters ... zu ... zu ...« Victoria suchte vergeblich nach den richtigen Worten. »Als ich das ganze Ausmaß seines Doppellebens erfahren habe, hat es mir den Boden unter den Füßen weggerissen. Zu erfahren, dass er unser Kind, ohne zu zögern, umbringen lassen wollte, das zerreißt mir auch heute noch das Herz. Und dass er letzten Endes sogar selbst die Waffe auf dich gerichtet hat ...«

»Er hat uns alle ganz schön fertig gemacht«, stellte Frederik mit belegter Stimme fest. »Für mich war Carolinas Tod kurz vor unserer Hochzeit der Anfang vom Ende. Da ist etwas unwiderruflich zerbrochen. Was meinst du, warum ich seitdem keine vernünftige

Beziehung mehr führen konnte? Warum ich immer wieder davonrenne?«

Seine Mutter blieb stumm.

»Was meinst du, wie beschissen ich mich immer wieder mit Caroline gefühlt habe? Allein die Tatsache, dass sie Polizistin wird und damit den gleichen Gefahren ausgesetzt ist wie … wie Carolina. Dass auch sie jederzeit schwer verletzt oder erschossen werden kann.« Frederik räusperte sich energisch.

»Ich verstehe, was du sagen willst.« Victoria Andersen sprach deutlich leiser als ihr Sohn, doch sie war immer noch gut zu verstehen. Da hatte sich die Investition in die teure Technik richtig gelohnt, wie der Späher nicht zum ersten Mal feststellte. »Und trotzdem kann er sich nie wieder in deine Beziehungen einmischen. Jetzt entscheidest nur noch du, wie es für dich weitergehen und wer dich auf deinem Weg begleiten soll.«

»Es gibt gerade keinen Weg, auf dem mich jemand begleiten könnte«, stellte Frederik betrübt fest. »Onkel Karl hat letztes Jahr meinen freien Fall gebremst und mich einigermaßen schmerzfrei wieder auf meinen Füßen landen lassen. Und jetzt stehe ich mitten im Wald und habe keine Ahnung, wie es weitergehen soll.«

»Lass dir bitte helfen, mit diesen Schicksalsschlägen endlich abzuschließen«, bat Victoria ihren Sohn ernst. »Erst dann wirst du richtig nach vorne sehen können.«

Der Späher überflog seine Notizen nachdenklich.

Frederik Hendrikssons Schwachpunkte waren die ermordete Verlobte und der herrschsüchtige Vater.

Damit konnte er durchaus etwas anfangen.

Kapitel 22

»Wie sieht es aus?«, fragte Niklas und rutschte unruhig auf dem Stuhl im Sprechzimmer herum.

»Sagen Sie es mir.« Doktor Wredes Tonfall schwankte zwischen Unverständnis und Ärger, das gefiel Niklas überhaupt nicht. »Ich hatte Sie gebeten, innerhalb einer Woche in der Radiologie vorstellig zu werden. Und doch sitzen Sie hier ohne bildgebende Diagnostik.«

»Der Termin ist erst am Freitag, vorher hat es nicht geklappt.« Niklas verschränkte die Arme und wich dem Blick seines behandelnden Arztes nicht aus, so schwer es ihm auch fiel.

»Doktor Thorsen«, seufzte Oliver Wrede und nahm die Hände von der Tastatur. »Sie treiben mich gelinde gesagt in den Wahnsinn. Was muss noch passieren, damit Sie endlich begreifen, dass ich Ihnen nur helfen möchte? Es geht um nichts Geringeres als Ihre Gesundheit und letztlich Ihr weiteres Leben. Warum erscheinen Sie überhaupt zu unseren Terminen, wenn es Ihnen egal ist, wie ich Sie behandeln möchte?«

Niklas schob das Kinn vor. »Wenn ich nicht zu den Terminen erscheine, melden Sie mich, das haben Sie mir beim letzten Mal angedroht.«

»Dann sind Sie nur wegen möglicher dienstlicher Konsequenzen hier?« Ungläubig schüttelte Doktor Wrede den Kopf.

»Ich habe im Alltag kaum Probleme«, fuhr Niklas fort,

um sich nicht sofort eine weitere Moralpredigt von Doktor Wrede anhören zu müssen. »Die Schmerzen an der Narbe haben sich mit dem letzten Wetterwechsel wieder erledigt, ich habe keine Atemnot oder Bluthusten oder Ohnmachtsanfälle oder was auch immer Sie letztes Mal noch abgefragt haben. Warum also wollen Sie mich unbedingt melden? Weil ich meinen Job mache? Oder weil ich nicht mit Ihrer Behandlung einverstanden bin?«

»Sie machen mich sprachlos, Doktor Thorsen. Ich habe schon lang keinen so sturen, uneinsichtigen Patienten wie Sie vor mir gehabt.« Doktor Wrede überflog die jüngsten Laborergebnisse. »Ihr D-Dimer-Wert ist endlich rückläufig, das bedeutet, dass es zu keiner neuen Embolie gekommen ist. Der Entzündungswert ist unverändert hoch und gefällt mir ganz und gar nicht.«

»Und das soll heißen?«, fragte Niklas genervt. Er war die wöchentlichen Besuche in der Ambulanz und damit verbundenen Diskussionen einfach nur leid.

»Das soll heißen, dass es Ihnen bei weitem nicht so gut geht, wie Sie sich das einreden.« Doktor Wrede stand auf und umrundete den Tisch. »Lassen Sie mich Ihre Lunge noch einmal abhören.«

»Sie wissen schon, dass die Entzündung auch irgendwo anders im Körper sein kann und möglicherweise nichts mit meiner Lunge zu tun hat?«, fragte Niklas und atmete dann tief ein und aus, während Wrede ihn abhörte.

»Das ist mir bewusst, Doktor Thorsen, vielen Dank für den Hinweis.« Der Herzspezialist setzte sich wieder hinter den Schreibtisch. »Die Lunge klingt unauffällig und erklärt den Entzündungswert definitiv nicht.«

»Dann ist ja alles in Ordnung.« Niklas griff nach seiner Jacke, die er auf den zweiten Stuhl vor dem Tisch gelegt hatte.

»Ich bin noch nicht fertig, Doktor Thorsen.« Wrede sah ihn streng an. »Wir warten noch Ihren Freitagstermin bei den Radiologen ab, direkt im Anschluss werden Sie erneut hier vorstellig und wir besprechen den Befund. Bis dahin machen Sie bitte einen Termin bei Ihrem Hausarzt und lassen sich durchchecken, ob es für die Entzündung weitere Ursachen gibt.«

Niklas schwieg.

»Und eins verspreche ich Ihnen, Doktor Thorsen«, fuhr der Herzspezialist fort. »Finden wir bis Freitagnachmittag keine Ursache für Ihren Zustand werde ich Sie für dienstunfähig erklären und dies offiziell melden. Das gleiche gilt, wenn Sie den Termin in der Radiologie oder bei mir nicht wahrnehmen. Sie sind eine tickende Zeitbombe und ich werde es nicht verantworten, dass Sie im Notarztdienst oder während einer Operation wegen einer Embolie oder anderer akuter Verschlechterungen zusammenbrechen. Haben Sie das verstanden?«

Wortlos stand Niklas auf und verließ das Behandlungszimmer. Er hasste es, wenn man in diesem Tonfall mit ihm sprach. Und er hasste es noch mehr, vor unfaire Ultimaten gestellt zu werden.

Am späten Vormittag erreichte Niklas schließlich die Wohnung seines besten Freundes in Hammerbrook. Frederik hatte ihn zu sich eingeladen, da er anschließend weiter in die Klinik fahren musste und ihm den weiteren Weg auf das Gestüt ersparen wollte.

»Wie war dein Termin bei Wrede vorhin?«, fragte Frederik neugierig und ging voran in die Wohnküche. »Trinkst du einen Kaffee mit mir? Zu essen kann ich leider nichts anbieten, mein Kühlschrank ist leer wie am ersten Tag.«

»Hast du überhaupt einmal hier geschlafen?« Niklas schüttelte den Kopf, denn er kannte Frederiks Antwort bereits.

»Ich habe den Mietvertrag schon wieder gekündigt«, berichtete Frederik und stellte zwei Tassen unter die Düsen des Kaffeevollautomats. »Für Baal war es hier nie optimal und ich habe für mich festgestellt, dass das Pendeln von der Klinik zum Gestüt gar nicht so wild ist. Also spare ich mir die Miete und baue mit meinen Brüdern auf dem Hof so um, dass wir alle unser eigenes Reich bekommen.«

»Und du hast also deinen Vermieter für drei Monate durchgefüttert, das war sehr fürsorglich von dir«, bemerkte Niklas schmunzelnd und setzte sich auf einen der Hocker an der Kücheninsel. »Ehrlich gesagt hatte ich schon Anfang des Jahres das Gefühl, dass du auf dem Gestüt so richtig heimisch geworden bist trotz der blutigen Erinnerungen. Schön, dass sich das bestätigt hat und du wirklich ankommen kannst.«

Frederik lächelte gedankenverloren und stellte Niklas die zweite Tasse hin. »Julians Freundin ist schwanger, das hat ein neues Licht auf die Raumsituation geworfen, über die wir sonst erst später diskutiert hätten.«

»Franzi?«, überlegte Niklas laut.

»Francesca, ja. Sie führen seit Jahren diese On-Off-Beziehung. Mal sehen, ob sie zueinander finden und sich nicht sofort wieder trennen.« Frederik trank einen kleinen Schluck Kaffee. »Aber das ist nicht mein Thema. Ich freue mich nur, dass ich dann sowohl eine Patentochter als auch eine Nichte oder einen Neffen habe.«

»Kann nicht jeder von sich behaupten«, gab ihm Niklas recht. »Meine Schwester hat noch keine Pläne in dieser Hinsicht, also werde ich auf Nichten und Neffen weiterhin warten müssen.« Er dachte für einen Moment nach. »Sag mal, wolltest du dich nicht eigentlich mit Caro treffen? War das inzwischen oder hast du die Sache doch abgesagt?«

Augenblicklich wurde Frederik rot und räusperte sich ertappt. »Nein, wir haben uns tatsächlich auf einen Kaffee getroffen.«

»Ein Kaffee sorgt normalerweise nicht für diese äußerst gesunde Gesichtsfarbe«, stichelte Niklas sofort. »Na komm, heraus damit. Was hast du angestellt? Bist du im Café über sie hergefallen?«

»Nein, das war erst hier in der Wohnung«, murmelte Frederik und sah angestrengt auf die Arbeitsfläche vor sich. »Ich hatte das nie vor, aber irgendwie hat mir ihre Nähe zumindest für den Moment wahnsinnig gutgetan.«

»Ich verurteile dich dafür nicht«, versicherte Niklas. »Im Gegenteil, ich verstehe es. Du warst lange Zeit allein und …«

»Wir müssen das wirklich nicht ausdiskutieren«, unterbrach Frederik ihn mit immer noch geröteten Wangen. »Erzähl mir lieber, was bei Wrede vorhin vorgefallen ist, nachdem du mir so ausdauernd zu diesem Thema ausweichst.«

»Alles bestens«, nuschelte Niklas in seine Tasse hinein.

»Alles bestens, ist klar«, wiederholte Frederik ironisch. »Das mag dir Freja vielleicht noch ansatzweise glauben, aber ich sicher nicht. Wrede bestellt dich doch nicht zu so vielen Folgeterminen ein, nur weil er sich so gut mit dir unterhalten kann. Also, was ist los?«

»Es ist nichts.« Niklas schüttelte heftig den Kopf.

Kurz nach Mittag trennten sich die Wege der beiden Freunde. Frederik fuhr in die Klinik und Niklas nach Hause zu seiner Familie.

»Ich bin wieder da«, rief er beim Betreten seiner Wohnung und schloss die Tür leise hinter sich. »Freja?«

»Im Bad.« Leise hörte er die Stimme seiner Frau und zog sich eilig Schuhe und Mantel aus.

»Hey.« Schon ließ Niklas die Badtür aufschwingen und lächelte, als er Elina in der Babywippe auf dem Boden entdeckte. Freja neben ihr sortierte gerade Wäsche.

»Kann ich dir etwas helfen?«, fragte er, ging in die Knie und gab Freja einen zärtlichen Begrüßungskuss.

»Elina muss gewickelt und warm eingepackt werden, dann könnten wir gleich noch zu einem Spaziergang aufbrechen«, schlug Freja vor und stopfte den Wäscheberg vor sich in die Maschine. »Wie war dein Termin bei Wrede? Ist er mit deinen neuen Medikamenten endlich zufrieden?«

»Die Blutwerte sehen besser aus, aber er will zur Sicherheit noch ein CT von der Lunge machen. Nicht, dass er doch etwas übersehen hat. Der Termin ist am Freitag, alles reine Routine«, versicherte Niklas und hob seine Tochter hoch.

»Wenn die Blutwerte besser aussehen, wirken also die Medikamente«, schlussfolgerte Freja lächelnd. »Das

154

ist doch schon einmal ein guter Anfang. Und es gibt sehr viel Schlimmeres als eine CT-Untersuchung.«

»Du sagst es.« Niklas trug Elina in das Kinderzimmer und legte sie auf die Wickelkommode. »So, Prinzessin. Was habe ich hier zu Hause verpasst, während ich mit Onkel Frederik Kaffee getrunken habe?«

Seine Tochter ließ ihn nicht aus den Augen und versuchte immer wieder, ihm mit ihren Händen ins Haar zu greifen.

»Ziehst du ihr bitte noch den roten Pullover über, den ich schon hingelegt habe?«, rief Freja im Flur und zog die Badtür hinter sich zu. Augenblicklich war das Geräusch der Waschmaschine deutlich leiser zu hören.

»Sie hat doch schon einen an«, gab Niklas zurück und schloss die Klettverschlüsse der Windel.

»Aber der ist nicht so warm und es ist heute wirklich kalt«, hielt Freja dagegen.

»Na schön.« Niklas schüttelte den Kopf und stupste Elina an die Nase. »Deine Mama ist heute ein bisschen überfürsorglich, mhm? Normalerweise darf ich dich so anziehen, wie ich möchte.«

Elina lächelte und winkte mit ihrem Schmusetuch.

»So, dann einmal den blauen Pullover weg und dafür den roten«, fuhr Niklas mit seinem Monolog fort. »So unterschiedlich dick sind die beiden nun wirklich nicht. Komm her, Mäuschen.« Geübt zog er seine Tochter um und stutzte, als er den Aufdruck des Pullovers las.

»Große Schwester …?« Niklas drehte sich ruckartig zur Tür um, wo Freja ihn wohl schon seit einer Weile beobachtet hatte. »Du … du willst damit sagen …?«

»Der Test heute Morgen war positiv. Das heißt, vielleicht wird Elina noch dieses Jahr eine große Schwester«, erklärte Freja und zog die linke Hand mit dem Schwangerschaftstest hinter ihrem Rücken hervor.

»Du ... bist ... schwanger?«, stammelte Niklas und hob Elina von der Wickelkommode. Langsam und mit heftig pochendem Herzen ging er auf Freja zu.

»Der Test sagt, ein bis zwei Wochen.« In Frejas Augen sammelten sich Tränen. »Ich kann es gar nicht glauben, dass es schon so schnell geklappt hat, wieder schwanger zu werden.«

»Freust du dich denn?«, fragte Niklas und umarmte sie einarmig, denn mit dem linken Arm hielt er Elina.

»Ich bin überwältigt«, gab Freja schniefend zu. »Und du? Das kommt alles ja ganz schön schnell auf uns zu. Ich dachte, es würde deutlich länger dauern ...«

»Wir bekommen noch ein Baby«, flüsterte Niklas und küsste Freja zärtlich. »Ich freue mich total.«

Kapitel 23

Schon um sieben Uhr morgens stand Frederik Hendriksson neben seinem Mentor Stefan Berger im OP-Saal. Ein Patient mit akuter Gehirnblutung hatte die Neurochirurgen von der Umkleide direkt in den Operationsbereich eilen lassen.

»Wie sieht es aus?«, fragte Oberarzt Michael Arnold und kam langsam näher.

»Ich habe das Blutgefäß genäht und trotzdem blutet er weiter. Irgendwo muss ein weiteres Leck sein«, berichtete Doktor Berger, ohne aufzusehen.

»Da, hinter deiner Pinzette.« Auch Frederik sah konzentriert durch das Mikroskop und sorgte mit dem Sauger für möglichst freie Sicht im Operationsfeld.

»Tatsächlich, da ist ein winziger Riss.« Mit ruhiger Hand schob Frederiks Mentor seine Instrumente an das beschädigte Blutgefäß, um es wieder abzudichten.

»Bitte wieder absolute Ruhe«, wies Stefan Berger alle im Operationssaal an und setzte dann den ersten Stich.

»Okay, geschafft.« Doktor Bergers Stimme durchbrach schließlich die Stille und ließ auch Frederik wieder durchatmen. Unbewusst hatte er während der Naht die Luft angehalten.

»Wie viel Erfahrung haben Sie mit derartigen Operationen, Doktor Hendriksson?«, fragte der Oberarzt aus dem Hintergrund. »Haben Sie diese Miniaturnähte schon einmal am Patienten gesetzt? Oder sind Sie noch bei den Vorübungen im Labor?«

»Nein, am Patienten habe ich das bisher noch nicht gemacht«, erklärte Frederik, ohne den Blick vom offenen Gehirn seines Patienten zu wenden. »Aber im Labor habe ich letzte Woche wieder mit Übungen begonnen, um die Techn…« Weiter kam er nicht, denn das Telefon klingelte.

Eine OP-Schwester nahm das Gespräch an und sprach leise mit dem Anrufer. »Doktor Hendriksson? Sie sollen bitte dringend in die Notaufnahme kommen.«

»Notaufnahme?« Stefan Berger runzelte die Stirn.

»Dringend?«, wiederholte Frederik. »Bei wem soll ich mich melden? Und reicht es, wenn ich nach der OP nach unten gehe oder bedeutet *dringend* in dem Fall *sofort*?«

»Ich bin so gut wie fertig, geh ruhig sofort«, meinte Frederiks Mentor. »Wir sehen uns dann auf Station.«

»Okay.« Frederik zog seine Instrumente aus dem Schädel des Patienten zurück und trat dann vom OP-Tisch zurück. »Bis gleich.«

Seine Kollegen in der Notaufnahme schickten Frederik ohne nähere Informationen zu einem der Untersuchungszimmer, was ihn nur noch mehr irritierte.

War das ein etwas schräges Initiationsritual?

Spielte ihm jemand einen Streich?

Was sollte diese Geheimniskrämerei?

Warum konnte ihm niemand etwas zu diesem mysteriösen Patienten sagen, wegen dem er aus einer laufenden Operation geholt wurde?

»Moin, ich bin Doktor Hendriksson«, stellte sich Frederik wie üblich beim Betreten des Behandlungszimmers vor und blieb dann ruckartig stehen, als wäre er gegen ein unsichtbares Hindernis geprallt. »Caro? Was machst du denn hier? Hast du mich etwa aus der OP holen lassen?«

»Das war nicht meine Absicht, da hat dein Kollege wohl etwas missverstanden«, entschuldigte sich Caroline und sah ihn unschuldig an.

»Was willst du hier?«, fragte Frederik knapp und nahm das Klemmbrett mit dem Aufnahmebogen von der Ablage. »Undefinierbare Kopfschmerzen und wieder stärker werdende Schmerzen an den Rippen?«, las er. »Hat dich schon ein Unfallchirurg angesehen?«

»Du bist der erste richtige Arzt, den ich hier sehe«, erklärte Caroline.

»Verstehe. Und was ist mit deinen Kopfschmerzen? Welche Art von Schmerz ist das?« So sehr es Frederik gerade widerstrebte, diese Fragen zu stellen, war es nun einmal sein Job. Doch er würde den Fall – sofern es überhaupt einer war – so bald wie möglich wieder abgeben.

»Das … fühlt sich irgendwie so an wie nach meinem Fahrradunfall«, überlegte Caroline laut. »Und es wird immer schlimmer.«

Mit gerunzelter Stirn musterte Frederik seine Ex-Freundin, die zumindest nicht so wirkte, als hätte sie starke Schmerzen.

»Willst du gar nichts dagegen unternehmen?«, fragte Caroline herausfordernd. »Ich habe Schmerzen, das sollte doch eigentlich reichen, damit ich behandelt werde.«

Seufzend führte Frederik die üblichen neurologischen Tests durch, die wie erwartet keine Auffälligkeiten aufwiesen.

»Ich sage den Unfallchirurgen Bescheid, dass sich jemand deine Rippen noch einmal ansieht«, versicherte Frederik. »Doch ich vermute, dass du da einfach Geduld haben musst, Prellungen können eine ganze Weile lang schmerzen.«

»Mhm.« Caroline runzelte die Stirn. »Und wann sehen wir uns wieder? Unser Kaffee-Treffen neulich hat mir sehr gut gefallen.«

»Das war eine einmalige Sache und das weißt du«, stellte Frederik mit Blick auf die Uhr klar. In einer Viertelstunde sollte er spätestens wieder im OP-Bereich sein und sich auf den nächsten Eingriff vorbereiten. »Ich wünsche dir alles Gute, Caroline, und gute Besserung für deine Blessuren.« Damit drehte er sich auf dem Absatz um und verließ das Untersuchungszimmer wieder.

»Und? Was war das in der Notaufnahme für ein mysteriöser Patient?«, fragte Stefan Berger neugierig und wusch sich gemeinsam mit Frederik steril. Auch Oberarzt Michael Arnold hob neugierig den Blick.

»Meine Ex-Freundin ist doch an meinem ersten Arbeitstag hier eingeliefert worden, Zustand nach Seitenaufprall«, berichtete Frederik seufzend. »Jetzt war sie hier und hat über angebliche Schmerzen in Kopf und Rippen gejammert. Die Neuro-Checks waren ohne Befund und so wie sie sich verhalten hat bezweifle ich stark, dass ihr überhaupt etwas fehlt. Die Unfallchirurgen sehen sich die Rippen aber noch einmal an.«

Zu dritt operierten Frederik Hendriksson, Stefan Berger und Michael Arnold einen großen Tumor an der Wirbelsäule einer jungen Patientin und wurden immer wieder durch das klingelnde Telefon unterbrochen.

»So geht das nicht«, schimpfte Doktor Arnold und trat vom Tisch zurück, um selbst mit dem Kollegen aus der Notaufnahme zu telefonieren. »Hören Sie? Ja, genau. Doktor Hendriksson ist bei mir im OP und kann nicht alles stehen und liegen lassen. Die Patientin ist neurologisch unauffällig und wird daher nicht mehr von Doktor Hendriksson oder einem anderen Neurochirurgen untersucht. Haben Sie das verstanden? Danke.«

Frederik atmete angespannt aus. Die Worte des Oberarztes waren dringend nötig gewesen.

»Falls ich noch irgendetwas von dieser Patientin höre, wird sie vom Sicherheitsdienst aus dieser Klinik entfernt«, erklärte der Oberarzt und nahm sein Operationsbesteck wieder in die Hand.

»Danke«, murmelte Frederik und sah angestrengt auf den geöffneten Rücken der Patientin.

»Macht Ihnen diese Dame auch privat Probleme, Doktor Hendriksson?«, fragte Michael Arnold weiter, bevor er mit der OP fortfuhr.

»Ich habe mit ihr seit einem halben Jahr nichts mehr zu tun. Warum sie sich plötzlich so ... ungewöhnlich verhält weiß ich nicht.« Frederik seufzte. »Aber ich kläre das, damit es nicht noch einmal zu so einem Telefonterror kommt.«

»Das wollte ich hören. Okay, dann machen wir weiter.« Doktor Arnold nickte zufrieden. »Uns fehlt noch ein Nervenstrang, dann können wir die Tumormasse entfernen.«

Gemeinsam und pünktlich zum Feierabend beendeten die drei Neurochirurgen die Operation.

»Man merkt Ihnen die lange Pause in der Facharztausbildung nicht an«, stellte Doktor Arnold auf dem Weg zur Personalumkleide des OP-Bereits fest. »Wenn Sie in dem Tempo weitermachen, Doktor Hendriksson, können Sie schon bald Ihre Facharztprüfung ablegen.« Ein Lächeln vertrieb die Müdigkeit etwas aus Frederiks Gesicht.

»Und sehen Sie zu, dass Sie Ihre Verehrerin in den Griff bekommen. Wenn sich das Private so auf den Job auswirkt wie bei Ihnen heute kann das nicht lange gut gehen«, stellte der Oberarzt ernst fest und schloss seinen Spind auf.

»Das ist mir klar. Und ich kümmere mich darum«, versprach Frederik.

Was war eigentlich los mit Caroline?

Was wollte sie mit dieser Aktion heute erreichen?

Wann hatte sich Caroline dermaßen verändert? Sie war doch während ihrer Beziehung auch nicht so besitzergreifend gewesen.

Was konnte er, außer zu reden, noch tun, um ihr Einhalt zu gebieten?

Hatte er rechtliche Möglichkeiten oder musste dafür mehr passiert sein außer den penetranten Anrufen?

Vielleicht sollte er sich an seinem freien Tag einfach bei der Polizei oder von einem Anwalt beraten lassen.

Kapitel 24

Ein großes rotes Herz klebte auf Frederiks Spindtür, als er nach seiner Schicht in die Umkleide zurückkehrte.

»Liebespost?«, vermutete Stefan Berger augenzwinkernd und schloss seinen eigenen Spind auf.

»Wenn es wenigstens das wäre.« Missmutig riss Frederik das Herz und den daran festgeklebten Briefumschlag ab und warf beides ungesehen in den Mülleimer. »Meine Ex-Freundin dreht komplett am Rad und liegt mir in den Ohren, dass wir doch füreinander bestimmt wären und es der größte Fehler überhaupt war, die Beziehung zu beenden.«

»Sie stalkt dich?« Überraschung schwang in Doktor Bergers Stimme mit. »Hast du dagegen etwas unternommen?«

»Was soll ich denn tun? Bisher war alles sehr nervig, aber rechtlich absolut irrelevant«, seufzte Frederik und zog sich rasch um.

»Warst du bei der Polizei?«, fragte Stefan Berger ernst.

»Das habe ich mir für Montag vorgenommen. An meinem freien Tag habe ich etwas mehr geistige Kapazität für so etwas.« Frederik gähnte, zog seine dicke Jacke an und entsperrte dann sein Handy. »Was zum Teufel?«, fragte er beim Anblick der neununddreißig entgangenen Anrufe.

»Mhm?«

»Ach, nichts.« Kopfschüttelnd blockierte Frederik sowohl Carolines Festnetz- als auch die Handynummer und schloss seinen Spind ab. »Wir sehen uns morgen«, verabschiedete er sich und verließ die Umkleide.

Was wollte Caroline mit diesem Terror erreichen? Dass er zu ihr zurückkehrte?

Was musste er noch tun, damit sie verstand, dass es keinen Weg zurück in diese toxische Beziehung gab?

Sich auf dieses Entschuldigungs-Kaffee-Treffen eingelassen zu haben, erschien Frederik immer mehr als gewaltiger Fehler. Dass er sich dann aber von seinem unerfüllten Verlangen dazu hinreißen hatte lassen, mit Caroline auch noch im Bett zu landen, das hätte er nie zulassen dürfen.

Diese Gedanken beschäftigten Frederik weiter, während er zu seiner Wohnung fuhr. Obwohl der Mietvertrag erst in drei Monaten auslief, wollte er seine persönlichen Dinge bereits jetzt holen. Vielleicht fand sich ja ein Nachmieter, der die Wohnung früher beziehen wollte, und der vom Wohnungseigentümer akzeptiert wurde.

Von der Tiefgarage lief Frederik zu seinem Kellerabteil, holte sich einige leere Umzugskartons und suchte dann vor seiner Wohnungstür einen Moment lang in der großen Jackentasche nach dem Schlüssel.

»Hallo? Ist das Ihre Wohnung?«, fragte eine Frau aus der Wohnung links neben ihm.

Irritiert hielt Frederik inne und drehte sich zu seiner Nachbarin um. »Warum wollen Sie das denn wissen?«, fragte er argwöhnisch.

»Ich bin mir sicher, dass bei Ihnen eingebrochen wurde«, erklärte die Nachbarin gedämpft und blieb weiterhin in ihrer geöffneten Wohnungstür stehen. »Am helllichten Tag hat sich jemand an Ihrer Tür zu schaffen gemacht. Mein Mann hat mir das erst zwei Tage später erzählt, der Dussel. Ich hätte natürlich sofort die Polizei gerufen.«

Frederik runzelte die Stirn. »Wann war das?«

»Letzte Woche? Oder schon vor zwei Wochen?«, überlegte die Nachbarin laut.

»Okay, danke.« Frederik ließ seine Wohnungstür aufschwingen.

»Warten Sie, das war nicht alles«, setzte die Nachbarin nach. »Ein paar Mal hat sich jemand im Dunkeln in Ihrem Garten herumgetrieben. Dachte wohl, man sieht ihn nicht, aber wir blicken ja vom Wohnzimmer aus in Ihren Garten und …«

»Und was hat derjenige dort gemacht?«, fragte Frederik angespannt, denn ihn verließ langsam die Geduld, dem ausschweifenden Bericht seiner Nachbarin zu folgen.

»Das weiß ich nicht, die Gestalt hat sich ja immer sofort in die Büsche verdrückt.« Frederiks Nachbarin zuckte mit den Schultern.

»Danke, dass Sie mir das gesagt haben.« Frederik betrat seinen Wohnungsflur mit ungutem Bauchgefühl. Die Umzugskartons lehnte er an den Einbauschrank neben der Garderobe.

Was war hier los?

Warum brach jemand in seine Wohnung ein?

War etwas gestohlen worden?

Wertsachen waren hier nicht zu finden, die hatte er auf dem Gestüt gelassen.

Was hatte der Eindringling in den Büschen zu suchen?
Hatte er ihn durch die Fenster beobachten wollen?
Dermaßen auf dem Präsentierteller zu sitzen war kein schönes Gefühl. Vor allem wenn man nicht wusste, wer der andere war und was er im Schilde führte.

In Gedanken versunken öffnete Frederik die Terassentür weit und ließ den Blick aufmerksam schweifen. Sein Garten war unberührt, auch die Büsche zum Innenhof der Wohnanlage sahen unauffällig aus.

Langsam ging er an der Hauswand entlang und schob sich schließlich selbst in die Lücke zwischen dem Gebäude und den Pflanzen.

»Was zum Teufel ist das?«, fragte Frederik und starrte auf das weiße Kästchen, das direkt an der Fassade befestigt worden war. Dünne Kabel führten direkt zu den Fenstern von Wohnzimmer und Schlafzimmer und waren so verlegt worden, dass sie nicht sofort auffielen.

Sein Herz pochte heftig, als er die Klappe des Kästchens öffnete und die Speicherkarten entdeckte.

»Was macht dieses Ding? Was speichert es?«, überlegte Frederik laut und sah wieder auf die Kabel. »Kameras sind das nicht, oder?« Er richtete sich wieder auf und riss eines der Kabel aus seiner Befestigung. »Nein, das ist keine Mini-Kamera, dazu passt auch die Position überhaupt nicht.«

Nervös sah er sich um, doch er konnte im gesamten Innenhof niemanden entdecken. Dennoch fühlte er sich nackt und beobachtet.

Obwohl er sich in seinem Garten schrecklich unwohl fühlte, blieb Frederik nach seinem Anruf bei der Polizei in Sichtweite des weißen Kästchens. Er wollte vermeiden, dass dieses Ding bis zum Eintreffen der Polizisten von der unbekannten Person wieder entfernt wurde. Vielleicht war der Eindringling ja ganz in der Nähe und hatte mitbekommen, dass Frederik auf dem Kommissariat angerufen hatte.

»Sie sind Doktor Hendriksson? Was ist denn vorgefallen?«, fragte der Streifenpolizist und sah sich aufmerksam um.

»Das ist vorgefallen.« Frederik deutete auf das Kästchen an der Fassade. »Meine Nachbarin hat mir vorhin berichtet, dass sich wohl mehrmals jemand hier in den Büschen herumgetrieben hat. Und einmal ist wohl jemand in die Wohnung eingebrochen, das war aber schon vor ein bis zwei Wochen.«

»Waren Sie verreist?«, fragte die Streifenpolizistin und machte sich Notizen, während ihr Kollege das Kästchen betrachtete.

»Nein, aber ich lebe etwas außerhalb von Hamburg. Die Wohnung war eigentlich nur für unter der Woche gedacht, damit ich nach langen Schichten nicht so weit zu fahren habe. Aber irgendwie hat es mich immer wieder nach Hause gezogen, sodass ich die Wohnung bisher nicht wirklich genutzt habe.« Frederik räusperte sich nervös.

»Das sieht nach einer Abhörvorrichtung aus«, stellte der Polizeibeamte knapp fest und zog sein Handy aus einer der Taschen seiner Schutzweste. »Ich informiere die Kollegen der Kriminalpolizei und der Spurensicherung.«

»Wenn Sie hier gar nicht wohnen, wie oft waren Sie in der Wohnung, um nach dem Rechten zu sehen?« Die

Streifenpolizistin fuhr mit ihrer Befragung fort, während sich ihr Kollege für das Telefonat einige Schritte entfernt hatte.

»Gute Frage …« Frederik vergrub die Hände in seinen Jackentaschen und dachte nach. »Ich bin Ende Dezember eingezogen und war maximal einmal pro Woche hier, das hing immer von meinen Arbeitszeiten ab.«

Die Polizistin ließ seine Aussage unkommentiert und machte sich nur Notizen. »Gibt es jemanden in Ihrem Umfeld, dem Sie zutrauen, Sie abzuhören? Jemand, mit dem Sie Streit haben? Oder der Sie bedroht hat?«

Seufzend schüttelte Frederik den Kopf. »Nachdem der Transplantationsskandal im UKE vor anderthalb Jahren publik geworden ist und damit auch die Rolle, die mein Vater darin gespielt hat, ruft mein Nachname bei einigen Mitmenschen negative Gefühle hervor. Oftmals sind es Angehörige oder Patienten selbst, die von den manipulierten Organtransplantationen betroffen waren.« Frederik räusperte sich. »Rund um den Prozess letztes Jahr gab es einige öffentliche und anonyme Anfeindungen, was seither jedoch stark zurückgegangen ist.«

»Sie vermuten also, dass diese Vorrichtung von jemandem aus diesem Personenkreis installiert wurde?«, fasste die Streifenpolizistin Frederiks Aussage zusammen.

»Das sind die einzigen Personen, die mir einfallen, denen ich so etwas zutrauen würde«, bestätigte Frederik fröstelnd.

»Die Kollegen sind unterwegs«, berichtete der zweite Polizist und schob das Handy zurück in die Tasche.

»Sie sagten vorhin, dass Sie eigentlich außerhalb Hamburgs wohnen. Ist Ihnen an Ihrem anderen Wohnsitz etwas Ungewöhnliches aufgefallen?« Die Polizistin überflog ihre Notizen mit nachdenklicher Miene.

»Sie meinen, dass der gleiche Spinner dort auch so ein Kästchen angebracht hat?« Frederik starrte sie ausdruckslos an. »Das ist ein Gestüt. Was glauben Sie, wie viele Menschen dort täglich ein und aus gehen?«

»Wo befindet sich dieses Gestüt? Wir sollten die Möglichkeit zumindest in Betracht ziehen, dass der Täter auch dort gewesen ist. Vor allem, wenn Sie das Motiv in diesem Transplantationsskandal vermuten. Dann geht es nicht nur um Sie, sondern gegen Ihre gesamte Familie.«

»Gibt es weitere Immobilien, die von Ihrer Familie bewohnt werden?«, wollte der Streifenpolizist wissen.

Die Kriminalpolizei übernahm schließlich die Ermittlungen vor Ort. Die Vorrichtung wurde sichergestellt, zudem wurde Frederiks Appartement und der Garten auf Einbruchsspuren und nach Hinweisen auf den Täter untersucht.

»Sie müssen Ihre Aussage natürlich offiziell zu Protokoll geben, Doktor Hendriksson«, informierte ihn der leitende Ermittler, Kommissar Thiebe.

»Können wir das heute noch machen? Ich habe morgen die Tagschicht und kann nicht abschätzen, wie pünktlich ich in den Feierabend komme.« Frederik unterdrückte ein Gähnen.

»Gut, kein Problem. Sind Sie mit dem Auto hier? Oder sollen wir Sie mitnehmen?«, bot Kommissar Thiebe an.

»Ich fahre selbst, danke. Ihr Büro ist direkt im Polizeipräsidium?«, vermutete Frederik. »Dann sehen wir uns dort.«

»Ich warte am Haupteingang auf Sie.« Der Ermittler sprach noch kurz mit seinen Kollegen und machte sich dann ebenfalls auf den Weg.

Auch bei der offiziellen Befragung fielen Frederik keine neuen Details ein, wer hinter dieser Abhörvorrichtung stecken könnte.

»Sie können sich jederzeit melden, falls Ihnen noch etwas einfällt.« Kommissar Thiebe reichte Frederik eine Visitenkarte.

»Haben Sie weitere Vorrichtungen gefunden?«, wollte Frederik erschöpft wissen, ohne auf die Worte seines Gegenübers einzugehen.

Der Kommissar nickte. »Die Spurensicherung ist bereits bei der Wohnung Ihrer Mutter. Das Gestüt wird noch überprüft.«

»Verdammt.« Frederik ließ den Kopf hängen. »Dann scheint sich die Vermutung ja zu bewahrheiten, dass diese Abhöraktion gegen meine Familie und nicht gegen mich allein gerichtet ist.«

»Das kann ich im Moment weder bestätigen noch abstreiten. Wir müssen die weiteren Ermittlungen und vor allem die Ergebnisse der Spurensicherung abwarten.« Kommissar Thiebe begleitete Frederik zurück zum Haupteingang des Präsidiums. »Bitte stellen Sie keine eigenen Nachforschungen oder Ermittlungen an, Doktor Hendriksson. Wir wissen nicht, mit welchem Täter wir es zu tun haben. Bringen Sie sich nicht unnötig in Gefahr.«

Ermittler der Kriminalpolizei und Spurensicherung waren rings um das Hauptgebäude zugange, als Frederik das Gestüt gegen Sieben erreichte. Sein Magen knurrte vernehmlich, hinzu kam die Müdigkeit.

»Haben Sie etwas gefunden?«, wollte Frederik von einem der Polizisten wissen, an dem er vorüberlief.

»Eine Vorrichtung, genau wie bei den anderen beiden Objekten«, bestätigte der Kriminalpolizist. »Mehr kann ich Ihnen leider nicht sagen.«

»Mhm.« Frederik schüttelte den Kopf und betrat das Hauptgebäude des Gestüts. Es roch lecker nach italienischem Essen, dazu drangen die aufgebrachten Stimmen seiner Brüder an sein Ohr.

Bevor er seine Jacke ausziehen konnte, kam jedoch Baal auf Frederik zu gerannt und bellte lautstark.

»Ich habe dich auch vermisst, Kumpel.« Frederik ging in die Hocke und streichelte seinen Hund mit beiden Händen. »Was ist denn hier los, mhm? Worüber diskutieren Julian und Oliver?«

Baal drückte sich nur an Frederiks Oberkörper und fiepte leise.

»Ich weiß, du kannst Streit nicht leiden. Lass uns mal sehen, was überhaupt los ist, mhm?«, schlug er vor und zog sich Jacke und Schuhe aus, bevor er den großen Wohn-Ess-Bereich gemeinsam mit Baal betrat. »Moin«, grüßte er seine Brüder möglichst ungezwungen. »Was ist denn los?«

»Hast du die Polizisten rings um das Haus nicht gesehen?«, fauchte Julian angegriffen und funkelte Frederik wütend an.

»Doch. Aber mir fehlt der Zusammenhang zu eurer lautstarken Diskussion.« Frederik blieb mit etwas Abstand zu seinen Brüdern stehen und musterte sie abwartend.

»Ich habe es satt«, schimpfte Julian. »Schon wieder wimmelt es hier nur so vor Polizisten. Schon wieder werden wir alle befragt zu Dingen, von denen wir überhaupt nichts mitbekommen haben. Wann hat dieser Wahnsinn endlich ein Ende? Wann führst du endlich wieder ein ruhiges Leben ohne Dramen, die sich auf die gesamte Familie auswirken?«

Frederik schluckte. »Du glaubst, dass ich hinter all dem stecke? Dass es mir Spaß macht, schon wieder von der Kriminalpolizei befragt zu werden?«

»Ist es nicht so?«, forderte Julian seinen Bruder heraus.

»Ich habe eine beschissene Abhörvorrichtung an meiner Wohnung gefunden«, fuhr Frederik ihn an. »Entschuldige, dass ich da die Polizei einschalte, anstatt selbst auf den Täter zu warten und mit ihm gemütlich zu plaudern, warum er so etwas tut.«

Fiepend drückte Baal seinen Kopf gegen Frederiks linken Oberschenkel.

»Ich glaube kaum, dass Frederik so etwas absichtlich macht.« Oliver stellte sich auf Frederiks Seite und verschränkte die Arme. »Du bist gerade wahnsinnig gestresst, Julian, vor allem wegen Francesca und der Schwangerschaft. Aber das ist kein Grund, einen Streit vom Zaun zu brechen.«

»Schieb das jetzt nicht auf meine Beziehung«, fauchte Julian. »Frederik zieht doch den ganzen Mist an wie ein starker Magnet. Welche Auswirkungen das auf dich und mich oder auf Mama hat ist ihm doch völlig egal!«

»Niemand weiß, gegen wen genau diese Vorrichtung

gerichtet ist«, stellte Frederik mühsam beherrscht fest. »Immerhin ist Mama genauso davon betroffen wie der Hof hier. Im Moment sieht doch alles danach aus, dass es um uns als Familie geht.«

»Ich glaube nicht, dass es nur um Frederik geht. Vielmehr sieht es so aus, dass es gegen unseren Namen geht und unserer Verbindung zu … Papa. Er hat diesen Mist verbrochen und sehr vielen Menschen wehgetan. Vielleicht will sich jetzt einer deswegen rächen«, überlegte Oliver laut.

»Und was bringt es demjenigen, uns alle abzuhören?« Julian blieb stur. »Nur wegen Papa? Das ist doch Unsinn. Als ob wir täglich über ihn sprechen würden. Vielleicht wäre uns der ganze Mist erspart geblieben, wenn Mama uns bei ihrer Namensänderung gleich mit einbezogen hätte. Dann würde der Nachname keine Angriffsfläche mehr bieten.«

»Hätte, wäre, könnte.« Oliver seufzte. »Ich rufe morgen Früh den Anwalt an, ob es schon Neuigkeiten gibt und unser Antrag bereits auf Erfolgsaussichten geprüft worden ist.«

»Danke.« Frederik lächelte müde und ging in die Küche. Ihm stand nicht der Sinn nach einem gemeinsamen Abendessen, deswegen nahm er sich seine Mahlzeit mit nach oben.

Baal lag nach dem Essen neben Frederik auf dem Boden und suchte permanent Körperkontakt, wie er es immer in emotional aufgeladenen Situationen tat.

»Danke«, murmelte Frederik und streichelte dem jungen Hund über das schwarze Fell. »Das war die beste Entscheidung letztes Jahr, dich bei mir aufzunehmen.

Ich glaube, das war bei uns beiden Liebe auf den ersten Blick, was?« Lächelnd betrachtete er Baals zuckende Ohren. »Wie es wohl Jarle und Onkel Karl geht? Wollen wir ihn einfach anrufen?«

Baal legte ihm den Kopf auf den Oberschenkel.

»Okay, das war eindeutig.« Frederik schmunzelte und nahm das Handy. Fünfzehn entgangene Anrufe einer nicht gespeicherten Handynummer. Er schüttelte den Kopf und blockierte auch diese Nummer, dann rief er bei seinem Onkel in München an. Vielleicht hatte der einen Rat für ihn, wie er die Spannungen zwischen sich und Julian bereinigen konnte.

Kapitel 25

Das Gefühl, unter permanenter Beobachtung zu stehen, begleitete Frederik auch am nächsten Tag im Krankenhaus.

»Was ist los mit Ihnen, Doktor Hendriksson?«, fragte Oberarzt Michael Arnold nachdenklich, während sie sich für die Operation steril wuschen. »Schlecht geschlafen? Private Probleme? Sie wirken auf mich sehr unkonzentriert.«

»Es geht mir gut«, erklärte Frederik und stellte das Wasser aus. »Und ich bin bereit für die OP. Meine Gedanken drehen sich nur um den Patienten.«

Der Oberarzt musterte ihn undurchdringlich und nickte dann. »Das muss ich Ihnen wohl glauben«, meinte er und ging voran in den Operationssaal. »Haben Sie schon einmal selbstständig eine Kraniotomie am Patienten durchgeführt?«

Frederik Herz machte einen freudigen Satz, denn er wusste, was Doktor Arnolds Frage eigentlich bedeutete: er durfte endlich wieder selbst operieren und nicht nur assistieren. »Ja, das habe ich«, bestätigte Frederik und trat an den OP-Tisch heran. Den Hautschnitt hatte Michael Arnold bereits angezeichnet, sodass er nur noch schneiden musste.

Stumm nickte der Oberarzt und reichte ihm das Skalpell. »Zeigen Sie, was Sie können, Doktor Hendriksson.«

Stille herrschte im Operationssaal, als Frederik den Hautschnitt machte und vorsichtig Kopfhaut und Kopfschwarte vom Schädelknochen löste.

»Knochensäge.« Frederik sah nicht vom Operationsfeld auf, sondern streckte nur die rechte Hand aus. Der Oberarzt legte ihm das Instrument in die Hand. Konzentriert sägte Frederik eine runde Knochenplatte aus dem Schädel seines Patienten und ließ diese in eine Schale fallen. Am Ende des Eingriffs würde man den Schädel damit wieder verschließen.

»Sehr gut«, kommentierte Doktor Arnold. »Wie gehen Sie weiter vor?«

»Eröffnen der Dura und dann Lokalisieren der Blutansammlung«, zählte Frederik konzentriert auf.

»Schon einmal gemacht?«, fragte Michael Arnold und erntete von Frederik ein Nicken. »Dann fahren Sie fort.«

Mit ruhiger Hand schnitt Frederik in die harte Hirnhaut direkt unter dem Schädelknochen und befestigte auch diese seitlich an der Schädelöffnung, um freie Sicht auf das Gehirn seines Patienten zu gewährleisten.

»Mikroskop an und Licht aus«, bat Frederik und ließ sich als nächstes einen feinen Sauger anreichen.

»Orientieren Sie sich an den CT-Aufnahmen«, riet der Oberarzt mit Blick durch das Mikroskop.

»Hier ist es.« Frederik lächelte andeutungsweise und begann, die Blutansammlung vorsichtig zu entfernen.

»Das genügt, um den Druck auf das Gehirn zu verringern. Mehr müssen wir nicht entfernen«, stellte Michael Berger in die wieder entstandene Stille hinein fest. »Man merkt, dass Sie viel am Simulator üben, Doktor Hendriksson. Das gefällt mir sehr gut.«

Frederik begleitete den Oberarzt im Anschluss zu einer weiteren Operation. Das Aneurysma würde Doktor Arnold allerdings selbst behandeln.

»Was ist denn jetzt los?«, schimpfte Michael Arnold bereits nach dem Öffnen des Schädels, weil schon wieder ein Diensttelefon klingelte.

»Doktor Hendriksson? Der Anruf ist für Sie.« Der OP-Pfleger hielt Frederiks Telefon in der Hand und wirkte unschlüssig.

»Wer ist es?«, fragte Doktor Arnold angespannt, denn er konnte Störungen im Operationssaal nicht ausstehen.

»Eine Anruferin, sie hat ihren Namen nicht gesagt.«

»Die gleiche, wie vor fünf Minuten? Also ein privater und kein dienstlicher Anruf?« Der Oberarzt schüttelte den Kopf. »Doktor Hendriksson ist beschäftigt und wird sie zurückrufen. Und wenn sie noch einmal anruft, lernt sie mich kennen.«

Frederik zog unwillkürlich den Kopf ein. Es konnte sich nur um Caroline handeln, die immer wieder Möglichkeiten fand, ihn telefonisch zu terrorisieren.

»Wollen Sie mir zu dieser Anruferin irgendetwas sagen, Doktor Hendriksson?«, fragte Michael Arnold in strengem Tonfall und ließ seine Instrumente für einen Moment ruhen.

»Das ist meine verrückte Ex-Freundin«, seufzte Frederik. »Die, die letzte Woche auch schon in der Notaufnahme war wegen nichts und wieder nichts.«

»Ich verstehe.« Doktor Arnold sah ihn ernst an. »Was werden Sie gegen diese Frau unternehmen? So kann es ja kaum weitergehen.«

»Ich kümmere mich darum«, versprach Frederik resigniert. Das fehlte ihm gerade noch, dass er beruflich wegen Caroline Probleme bekam. Vielleicht konnte er es doch einrichten, nach Feierabend auf dem Polizeikommissariat vorbeizufahren und sich zumindest beraten zu lassen.

»Besser ist das. Wenn sich das Private dermaßen auf den Beruf auswirkt, kann das nicht gut gehen. Sie leiden darunter genauso wie Ihre Patienten«, redete Michael Arnold dem Assistenzarzt ins Gewissen. »Falls Sie Hilfe benötigen, Doktor Hendriksson, dürfen Sie sich jederzeit an mich oder auch an Professor Drechsel wenden.«

Nach Doktor Arnolds Intervention blieb das Telefon von Carolines Anrufen verschont. Doch diese Ruhe ließ Frederik nichts Gutes vermuten.

Was führte Caroline im Schilde?

Ging es nur um die Beziehung oder steckte da mehr dahinter?

Was wollte sie mit diesem Terror bezwecken?

Begriff sie denn nicht, dass er sich nur noch weiter zurückzog, je mehr sie ihn bedrängte?

Die restliche Schicht über beurteilte Frederik gemeinsam mit seinem Mentor Stefan Berger Notfälle in der Notaufnahme und sah kurz vor Schichtende noch nach den OP-Patienten, die inzwischen wieder auf Station verlegt worden waren.

»Na, das war doch alles in allem ein erfolgreicher Arbeitstag«, freute sich Doktor Berger. »Du durftest unter Aufsicht selbstständig operieren und hast den Oberarzt damit positiv überrascht. Und allen Patienten auf Station geht es so weit gut.«

»Du meinst, den Feierabend haben wir uns verdient?«
Frederik lächelte gedankenverloren und zog seine Post
aus dem Fach im Ärztezimmer. Gleich mehrere Um-
schläge waren nur mit einem roten Herz beschriftet
worden und landeten sofort im Mülleimer.

»Deine Verehrerin ist ganz schön hartnäckig«, bemerkte Stefan.

»Sie wird schon noch kapieren, dass ich kein Interesse
mehr an einer Beziehung mit ihr habe.« Frederik überflog die Übersicht der Fortbildungen für die nächsten
drei Monate.

»Die Daumen sind gedrückt.« Stefan Berger lächelte
mitfühlend.

Mitten im Feierabendverkehr quälte sich Frederik
quer durch die Stadt und atmete erleichtert auf, als er
endlich die Bundesstraße Richtung Itzehoe erreichte.
Wie üblich herrschte auf den letzten Kilometern zum
Gestüt kaum Verkehr, was ein angenehmer Kontrast
zur Stadt war. Im Rhythmus zur Musik trommelte er
mit den Fingern auf das Lenkrad und sang laut mit.
Vergessen waren Carolines Telefonterror und ihre Un-
fähigkeit, das Ende der Beziehung zu akzeptieren.
Schwungvoll bog Frederik auf die Zufahrt zum Gestüt
ab und parkte schließlich auf seinem angestammten
Platz direkt vor dem Hauptgebäude. Zahlreiche andere
Fahrzeuge waren zu sehen, doch das war für Donners-
tagabend wegen der Reitstunden nicht ungewöhnlich.
»Natürlich bist du auch da«, seufzte Frederik, als ihm
Carolines Kleinwagen ins Auge fiel. »Ich hoffe doch,
dass du nur in der Reitstunde bist und mich ansonsten
in Ruhe lässt.«

»Führst du Selbstgespräche?« Sein Bruder Oliver hatte wohl Frederiks letzten Satz mitbekommen.

»So in der Art.« Frederik schnitt eine Grimasse. »Wie ist denn die Lage? Hat sich Julian wieder etwas beruhigt oder ist er immer noch sauer wegen Dingen, die ich nicht getan habe?«

»Er und Francesca haben sich gestern Nachmittag mal wieder gezofft. Als dann die Polizisten hier aufgeschlagen sind hat es das Fass zum Überlaufen gebracht.« Oliver ging voran zum Hauptgebäude.

»Das beantwortet meine Frage nicht wirklich. Muss ich auf der Hut sein oder ist seine Laune wieder besser?«, fragte Frederik.

»Seine Stimmung ist wieder deutlich besser, nachdem er sich mit Francesca lautstark versöhnt hat«, schmunzelte Oliver. »Heute sollte einem ruhigen, entspannten Abend nichts im Weg stehen.«

»Dein Wort in Gottes Ohr.« Frederik schüttelte den Kopf und folgte seinem Bruder durch die Haustür. Baal begrüßte ihn wie üblich laut bellend und forderte seine Streicheleinheiten ein.

»Ihr seid schon so ein Team.« Oliver lächelte. »Aber er tut dir echt gut, das muss ich ihm lassen.«

»Das würde nicht funktionieren, wenn ihr nicht tagsüber auf ihn achtgeben würdet. Also Danke.« Frederik hänge seine Jacke an die Garderobe. »Habt ihr schon Pläne für das Abendessen? Wollen wir mal wieder gemeinsam kochen?«

»Wir haben Pizzateig vorbereitet, das reicht leicht auch für dich. Und wir können gemeinsam kochen«, stellte Oliver fest. »Ich hole Julian und Francesca, dann können wir gleich beginnen.«

Die drei Brüder teilten sich eine Flasche Wein beim Essen, während Francesca aus offensichtlichen Gründen Wasser trank. Der Stimmung tat das keinen Abbruch, denn im Gegensatz zum Vorabend entwickelte sich ein entspanntes Gespräch zu den Umbauplänen des Gestüts.

»Wir könnten ja an deinen freien Tagen mit Entrümpeln beginnen«, schlug Oliver vor und lehnte sich satt in seinem Stuhl zurück. »Dann bekommen wir einen ersten Eindruck, was wir tatsächlich aus dem Gebäude machen können.«

Frederik nickte. »Ich habe Sonntag, Montag und Dienstag frei. Das gibt uns viel Zeit für diese Aktion. Habt ihr euch eigentlich schon überlegt, wer von euch wo wohnen möchte? Also wer bleibt im Haupthaus und wer zieht in das Nebengebäude?«

»Ich würde gern hier im Gebäude bleiben.« Julian drückte die Hand seiner Freundin.

»Und mir ist es egal.« Oliver lächelte. »Dann bleiben wir Nachbarn, Frederik. Und wir haben eher unsere Ruhe …« Vielsagend sah er Julian an, der prompt rot wurde.

»Mit dieser Lösung kann ich gut leben.« Frederik lächelte entspannt. »Und am besten wäre es für euch, wenn wir zügig mit dem Umbau beginnen würden? Dann ist im Optimalfall alles fertig, bevor das Baby kommt.« Er dachte kurz nach. »Haben wir denn schon eine Genehmigung für den Umbau?«

»Noch nicht, aber die Gemeinde fällt Ende des Monats eine Entscheidung«, berichtete Julian. »Wir können dennoch mit Entrümpeln und Entkernen beginnen, das ist sowieso dringend nötig.«

Das entspannte Beisammensein mit seinen Brüdern und Francesca hatte Frederik die ganzen Probleme mit Caroline und dem Unbekannten mit den Abhörvorrichtungen vergessen lassen. Und der Wein hatte für ein angenehm warmes Gefühl in seinem Inneren gesorgt.

»Na dann, gute Nacht«, verabschiedete sich Frederik gähnend mit Blick auf die Uhr. Er hatte wieder Tagschicht ab Neun, lange ausschlafen konnte er also nicht.

»Schlaf gut und morgen eine ruhige Schicht.« Oliver entkorkte eine weitere Weinflasche, denn Julian machte keine Anstalten, ins Bett gehen zu wollen.

»Und euch wünsche ich morgen katerfreies Erwachen«, gab Frederik schmunzelnd zurück, nahm sein Handy und verließ das Wohnzimmer mit Baal an seiner Seite.

Baal knurrte leise, als Frederik seine Zimmertür aufschwingen ließ und sich gleich wieder umdrehte, um in das Bad zu gehen.

»Was hast du denn?«, fragte Frederik müde und nahm Baal am Geschirr, weil sich der junge Hund gar nicht mehr beruhigen wollte.

Baal wehrte sich energisch gegen den Griff seines Herrchens und bellte aufgeregt.

»Sitz«, befahl Frederik und wartete unnachgiebig, bis Baal seinem Kommando gefolgt war. »Bleib.«

Erneut bellte Baal, doch er blieb auf seinem Platz.

»Was ist denn los mit dir, mhm?« Frederik schüttelte den Kopf und schaltete das Licht in seinem Zimmer ein. »Hast du eine Maus gewittert? Oder was regt dich so auf?«

Angespannt und mit heftig pochendem Herzen betrat Frederik schließlich sein Zimmer und blieb wie versteinert dicht neben der Tür stehen.

»Was zur Hölle wird das?«, fragte er aggressiv.

»Nach was sieht es aus?«, antwortete Caroline provozierend mit einer Gegenfrage und räkelte sich unter seiner Bettdecke. Ihre bloßen Schultern und die Kleidung auf dem Sessel ließen vermuten, dass sie komplett nackt war.

Frederik atmete tief durch. Das erklärte natürlich, warum Baal eben so angeschlagen hatte. Er hatte sofort mitbekommen, dass jemand Fremdes im Zimmer war.

»Kommst du ins Bett, Süßer?«, wollte Caroline wissen und zog die Bettdecke einladend ein Stückchen zur Seite.

»Ich komme nirgendwohin«, stellte Frederik klar und verschränkte die Arme vor der Brust. »Zieh dich an und verschwinde von hier!«

»Warum gehst du nicht an dein Telefon?«, fragte Caroline mit schief gelegtem Kopf.

»Ich habe einen Job, bei dem ich nicht permanent am Telefon hängen kann und das weißt du! Was ist denn so wichtig, dass du mich von diversen Telefonnummern aus terrorisierst?«

»Warum weichst du mir aus? Seit unserem gemeinsamen Nachmittag benimmst du dich echt seltsam.« Abermals antwortete Caroline nicht auf seine Fragen. Als würden sie zwei verschiedene Unterhaltungen führen.

»Dieser gemeinsame Nachmittag war ein gewaltiger Fehler, das habe ich dir bereits mehrfach erklärt«, fuhr Frederik sie wütend an. »Aus uns beiden wird nie wieder ein Paar, versteh das doch endlich. Ich habe keine romantischen Gefühle mehr für dich.«

»Deine Gefühle reichen aber aus, um mich zu vögeln«, warf Caroline ihm mit funkelnden Augen an den Kopf. »Du hast mich schamlos für Sex benutzt.«

»Es gehören Zwei dazu, um im Bett zu landen. Und ich habe dich sicher nicht dazu gezwungen. Also hör auf, dich als Opfer zu inszenieren.« Frederik schüttelte angewidert den Kopf.

»Ich inszeniere überhaupt nichts.« Caroline schlug die Bettdecke zurück und setzte sich aufrecht hin. »Warum hast du mich in der Klinik so unfreundlich behandelt? Gehst du mit all deinen Patienten so um?«

»Nur mit denen, die simulieren und meine Zeit verschwenden.« Frederik nahm Carolines Kleidung und warf sie ihr auf das Bett. »Zieh dich an«, verlangte er.

»Oder du ziehst dich aus und wir machen da weiter, wo wir zuletzt aufgehört haben«, schlug Caroline uneinsichtig vor.

»Es war ein Fehler, den ich nicht wiederholen werde. Also zieh dich verdammt nochmal an!«, fuhr Frederik seine Ex-Freundin an.

»Das wirst du noch bereuen!«, zeterte Caroline, als Frederik sie hart am Oberarm packte und die Treppe hinunter bugsierte.

»Jaja«, murmelte er, ohne ihr so recht zuzuhören. Er wollte diese Situation einfach nur beenden.

»Du bist ein selbstsüchtiges Arschloch«, warf ihm Caroline beim Durchqueren des Wohnzimmers an den Kopf und wehrte sich heftig gegen seinen unnachgiebigen Griff.

»Verschwinde und lass dich hier nie wieder blicken!«, rief Frederik wütend und ließ Caroline erst vor der Tür wieder los.

»Das werden wir noch sehen.« Mit zweideutigem Lächeln schnellte Caroline nach vorn, gab ihm einen Kuss auf den Mund und stieg dann eilig in ihr Auto. Rasch parkte sie rückwärts aus und verließ das Gelände mit hohem Tempo.

»Was war denn das?« Interessiert tauchten Julian und Oliver hinter Frederik in der geöffneten Haustür auf. Baal quetschte sich an den Brüdern vorbei und tapste zu seinem Herrchen. Fiepend drückte er den Kopf gegen Frederiks Oberschenkel.

»Habt ihr mitbekommen, dass Caroline sich in mein Zimmer geschlichen hat, um mich nackt in meinem Bett zu überraschen?«, fragte Frederik, ohne sich umzudrehen.

»Sie hat was?« Julian riss überrascht die Augen auf. »Ich meine, wenn ihr noch ein Paar wärt, würde ich das jetzt nicht so problematisch sehen, aber seid ihr nicht seit letztem Sommer getrennt?«

»Mir musst du das nicht sagen.« Frederik atmete tief durch und streichelte Baal über den Kopf. »Caro begreift nicht, dass unsere Beziehung zu Ende ist und dass daran nichts mehr zu rütteln ist.«

»Hast du ihr denn nochmal Anlass zur Hoffnung gegeben? Oder phantasiert sie sich da etwas herbei?«, wollte Oliver nachdenklich wissen. »Normalerweise war sie ja sehr rational in diesen Dingen ...«

Resigniert schüttelte Frederik den Kopf. »Wir waren zusammen Kaffee trinken und sind hinterher in der Kiste gelandet. Das war sicher keine Glanzleistung, das ist mir auch klar. Aber ich habe hinterher klargestellt, dass das ein einmaliger Fehler war, der sich nicht wiederholen wird. Und das ist der Punkt, den sie überhaupt nicht kapiert. Sie terrorisiert mich mit Anrufen, taucht in der Klinik auf, um sich wegen erfundener Beschwerden behandeln zu lassen … und heute liegt sie nackt in meinem Bett. Was fällt ihr als nächstes ein? Fesselt sie mich und fällt über mich her?« Er seufzte schwer und drehte sich wieder zu seinen Brüdern um.

»Du solltest sie anzeigen«, stellte Julian ernst fest. »Das eben war ja schon sexuelle Belästigung und ihren sonstigen Terror kann man als Stalking werten. Wehr dich mit allen rechtlichen Möglichkeiten, Frederik. Anders wird sie es nicht kapieren, fürchte ich.«

Kapitel 26

Die Uhr zeigte erst viertel vor Sieben, doch Niklas war schon seit einer halben Stunde auf den Beinen. Elina hatte sich lautstark über ihre volle Windel beschwert und wollte anschließend direkt zum Frühstück übergehen.

»Gib ihr heute bitte die Flasche«, bat Freja Niklas matt, denn sie hatte das Bett fast zeitgleich mit ihm verlassen und sich im Bad übergeben. »Ich glaube, ich brauche hier noch eine Weile.«

Mitfühlend streichelte Niklas seine Frau über den Rücken und ging dann mit Elina auf dem Arm in die Küche, um das Fläschchen für die Kleine vorzubereiten.

»Du hast deine Mama damals genauso geärgert«, erklärte Niklas seiner Tochter und setzte sie in die Babywippe. »Aber keine Sorge, das geht bald vorbei. Und dann können wir uns alle auf deinen Bruder oder deine Schwester freuen.«

Elina ließ ihn nicht aus den Augen und kaute auf ihrem Beißring herum.

»Du wirst dieses Jahr noch eine große Schwester, das wird bestimmt ganz aufregend«, fuhr Niklas fort und schraubte den Sauger auf das Fläschchen. Gähnend setzte er sich zu seiner Tochter und gab ihr die Flasche.

Das Handyklingeln riss Niklas schließlich aus seiner Versunkenheit, mit der er seine Tochter beim Trinken beobachtet hatte. Frederiks Name wurde auf dem Display angezeigt.

»Guten Morgen, was verschafft mir die unerwartet frühe Ehre?«, fragte Niklas müde.

»Hattest du Nachtschicht? Oder hat dich die Kleine wachgehalten?«, wollte Frederik in einem Tonfall wissen, der bei Niklas sofort die Alarmglocken schrillen ließ.

»Tagschicht, aber Elina hat das Frühstück etwas nach vorne verlegt.« Niklas räusperte sich. »Was gibt es denn? Normalerweise telefonieren wir eher selten so früh am Morgen.«

»Das ist mir klar.« Frederik seufzte. »Ich habe auch Tagschicht, muss vorher aber noch zur Polizei. Caroline fand es gestern Abend wahnsinnig witzig, mich nackt in meinem Bett zu erwarten.«

»Warte, was?« Niklas stutzte und sah wieder auf Elina, die zufrieden an der Flasche saugte. »Spinnt sie denn komplett?«

»Den Verdacht hast nicht nur du. Und nachdem sie mich mit Briefen und Anrufen nur so terrorisiert, werde ich jetzt rechtliche Schritte einleiten«, erklärte Frederik. »Warum kapiert sie denn nicht, dass ich nichts mehr von ihr will? Wie kann ich ihr denn noch begreiflich machen, dass der Ausrutscher vor ein paar Tagen nichts anderes als ein gewaltiger Fehler war?«

»So wie sie sich da hineingesteigert hat wirst du anders als über den Rechtsweg wohl nicht zu ihr durchdringen, so beschissen das für dich ist«, gab Niklas ihm recht. »Wenn ich dir irgendwie helfen kann, sag mir bitte Bescheid, ja?«

»Manchmal reicht Zuhören.« Frederik gähnte. »Und

vielleicht ein gemeinsamer Ausritt nächste Woche, wenn ich frei habe. Wie sieht denn dein Dienstplan aus?«

»Ich habe Samstag, Sonntag und Montag frei, danach starte ich wieder mit Spätschicht«, zählte Niklas auswendig auf. »Vorausgesetzt Wrede funkt mir nachher nicht dazwischen. Heute Nachmittag ist das Kontroll-CT geplant, das er sofort mit mir besprechen will.«

»Anders weichst du ihm ja auch sofort wieder aus«, gab Frederik zu bedenken. »Egal, wir müssen darüber nicht diskutieren, es ist dein Thema. Wollen wir dann Sonntag ins Auge fassen? Freja und Elina dürfen natürlich gern mitkommen, ich würde mich freuen.«

»Das machen wir«, versicherte Niklas und sah auf das Fläschchen, das Elina fast leer getrunken hatte. »Und lass uns heute Abend nochmal telefonieren. Ich bin gespannt, was du bei der Polizei wegen Caro erreichen konntest.«

Niklas nahm Elina nach ihrem Frühstück wieder auf den Arm und kehrte mit einem Glas Wasser in das Badezimmer zu Freja zurück.

»Was macht die Übelkeit?«, fragte er leise und setzte sich neben seine Frau auf den Boden.

»Für den Moment geht es, danke.« Zaghaft trank Freja einige kleine Schlucke Wasser und atmete dann tief durch. »So sehr ich mich über das zweite Baby freue, diese Übelkeit hätte ich wirklich nicht noch einmal gebraucht.«

»Ich verstehe dich gut.« Niklas setzte sich Elina auf den Schoß. »Aber diese Phase wird vorbeigehen. Und es gibt Medikamente, die die Symptome abmildern. Wir schaffen das, auch wenn der Zustand für dich gerade sehr unerfreulich ist.«

Freja lächelte matt und legte den Kopf an Niklas' Schulter. »Ich habe am Montag übrigens den Termin bei Doktor Behringer. Vielleicht willst du ja mitkommen und einen ersten Blick auf unseren neuen Blubbs werfen?«

»Natürlich begleite ich dich«, versicherte Niklas und küsste sie auf die Schläfe.

»Mit wem hast du vorhin eigentlich telefoniert? Jemand aus der Klinik?«, wollte Freja nachdenklich wissen und trank weitere Schlucke Wasser.

»Frederik hat angerufen. Caroline macht ihm große Probleme, weil sie das Beziehungsende einfach nicht akzeptieren kann oder will«, berichtete Niklas. »Wir treffen uns mit ihm am Sonntag auf dem Gestüt, dann können wir über alles ganz in Ruhe sprechen.«

Kapitel 27

Der Anruf von Kollegen der Kriminalpolizei klingelte Caroline am Freitagmorgen gegen Neun aus dem Bett. Sie hatte heute Spätdienst und deswegen eigentlich ausschlafen wollen.

»Frau Wagner? Ich bin Hauptkommissar Markl und muss Sie dringend auf dem Präsidium sprechen. Schaffen Sie es, um zehn Uhr dort zu sein?«, fragte der Anrufer ohne eine richtige Begrüßung.

»Ja, warum? Worum geht es denn?«, wollte Caroline verschlafen wissen und setzte sich im Bett auf.

»Das erkläre ich Ihnen besser persönlich. Dann bis gleich.« Schon beendete der Hauptkommissar das Telefonat.

»Was will er denn besser persönlich besprechen?« Irritiert schüttelte Caroline den Kopf. Das konnten ja nur sehr ernste Themen sein. Gab es einen dienstlichen Vorfall? Aber das würde man ja in der Dienstgruppe auf dem Kommissariat klären und nicht auf dem Präsidium. Komisch ...

Ihre innere Unruhe machte das Frühstück für Caroline unmöglich, sodass sie nur kurz duschte und sich dann mit dem Auto auf den Weg zum Polizeipräsidium machte. Sie wollte wissen, was los war. Und warum dieser Kriminalpolizist unbedingt vor Ort mit ihr sprechen wollte.

»Frau Wagner?« Hauptkommissar Markl hatte offenbar im Eingangsbereich des Präsidiums gewartet.

»Kollege Markl?«, fragte Caroline zurück und musterte ihr Gegenüber skeptisch. Er war fast einen halben Kopf kleiner als sie, wirkte aber äußerst athletisch, was es fast unmöglich machte, sein Alter zu schätzen.

»Kommen Sie, bitte.« Der Hauptkommissar führte sie die langen Gänge entlang und betrat schließlich ein Vernehmungszimmer.

»So offiziell?«, fragte Caroline, setzte sich betont gelassen an den Tisch mitten im Raum und lehnte sich zurück. »Haben Sie jetzt die Freundlichkeit, mir zu erklären, warum ich hier bin?«

»Frau Wagner, ich muss Sie darüber informieren, dass gegen Sie eine Anzeige wegen Nachstellung, Hausfriedenbruchs und sexueller Belästigung vorliegt«, begann der Hauptkommissar und nahm ihr gegenüber Platz. »Sie sind damit Beschuldigte in einem Strafverfahren und es steht Ihnen frei, sich dazu zu äußern. Sie müssen sich nicht selbst belasten und dürfen sich jederzeit einen Rechtsbeistand hinzuziehen. Haben Sie die Belehrung verstanden?«

»Ich kenne diese Belehrung.« Caroline zeigte sich gänzlich unbeeindruckt. »Und ja, ich habe sie verstanden.«

»Möchten Sie einen Rechtsanwalt anrufen?«, fragte Hauptkommissar Markl nach.

»Wozu? Die Anzeige ist völlig haltlos und eine Racheaktion meines Ex-Freundes, der das Ende der Beziehung nicht akzeptieren kann. Dazu brauche ich nun wirklich keinen Rechtsbeistand.« Belustigt schüttelte Caroline den Kopf.

»In Ordnung, dann fahren wir fort.« Der Kriminalpolizist schlug eine Mappe auf und überflog das Schriftstück vor sich kurz. »Wo waren Sie gestern Abend gegen zwanzig Uhr?«

»Zwanzig Uhr ... auf dem Gestüt der Hendrikssons, ich hatte eine Reitstunde«, überlegte Caroline laut.

»Sind Sie hinterher Doktor Frederik Hendriksson begegnet?«, fragte Markl sofort nach.

»Begegnet? Er hat mich verführt und dann plötzlich vor die Tür gesetzt, weil er es sich anders überlegt hat. Keine Ahnung, was ihn da geritten hat«, gab Caroline ruhig zu Protokoll.

»Sie streiten also ab, in Doktor Hendrikssons Zimmer eingebrochen zu sein und ihn zu sexuellen Handlungen gezwungen zu haben?« Der Ermittler machte sich eine Notiz.

»Das ist so typisch für Frederik, dass er erst Mist baut und dann versucht, es anderen in die Schuhe zu schieben. Da kommt er ganz nach seinem Vater, der war keinen Deut besser.« Caroline schüttelte den Kopf. »Noch etwas? Oder sind wir fertig?«

»So schnell sind wir nicht fertig, Frau Wagner. Ihnen wird zudem Nachstellung vorgeworfen. Doktor Hendriksson beschuldigt Sie, ihn sowohl telefonisch als auch von Angesicht zu Angesicht massiv belästigt zu haben. Er führt dutzende Telefonanrufe von verschiedenen Rufnummern auf und Briefe, die Sie im Klinikum für ihn abgegeben haben sollen.«

»Briefe?« Erneut schüttelte Caroline den Kopf. »Nein, ich habe ihm keine Briefe geschrieben.«

»Und was ist mit den Telefonanrufen?« Ermittler Markl blieb äußerst hartnäckig.

»Natürlich habe ich ihn angerufen, aber mit Sicherheit nicht übertrieben häufig.« Caroline legte den Kopf schief. »War das alles? Darf ich gehen?«

»Auf Grundlage dieser Befragung wird keine Untersuchungshaft angeordnet, aber das haben Sie sich bestimmt schon gedacht. Solange die Ermittlungen zu den Tatvorwürfen nicht abgeschlossen sind, werden Sie jedoch vom Dienst suspendiert.« Hauptkommissar Markl klappte die Mappe vor sich wieder zu. »Natürlich steht es Ihnen frei, mit einem Rechtsanwalt gegen diese Entscheidung vorzugehen.«

»Ich verstehe.« Caroline gab sich rein äußerlich unbeeindruckt von dieser Aussage, doch innerlich brodelte sie.

Was fiel Frederik eigentlich ein, Anzeige wegen solch eines Unsinns zu erstatten?

Wie kam er überhaupt zu diesen absurden Vorwürfen?

Für Caroline stand es außer Frage, Frederik zu diesem Verhalten zur Rede zu stellen. Er konnte doch nicht einfach ihre Karriere sabotieren, indem er haltlose Anzeigen stellte.

Wütend verließ sie das Polizeipräsidium und setzte sich in ihr Auto.

Hatte Frederik heute frei oder war er in der Klinik?

Wo konnte sie ihn um diese Uhrzeit am besten finden?

Kapitel 28

Freitag, Tagschicht. Ende gegen siebzehn Uhr.

Der Späher warf einen weiteren Blick auf den Januardienstplan von Frederik Hendriksson und sah auf dann auf die Uhr. Es war viertel vor Fünf, bald also sollte der Assistenzarzt auf dem Parkplatz zu sehen sein. Sein Auto hatte der Späher jedenfalls schon entdeckt.

»Dann wollen wir mal sehen, was du zu deiner Verteidigung zu sagen hast«, murmelte der Späher und schloss den Reißverschluss seiner gefütterten Outdoorjacke, in deren Taschen er alles Notwendige verstaut hatte.

Energisch stieß der Späher die Fahrertür auf, stieg aus und lief dann leichtfüßig zum Ärzteparkplatz, der um diese Uhrzeit keinen freien Platz mehr bot. Das spielte ihm in die Karten.

Nieselregen setzte ein, doch das störte den Späher nicht. Er setzte sich wortlos die Kapuze auf den Kopf und ließ den Blick aufmerksam schweifen. Ein Nebenausgang des großen Gebäudes führte direkt zum Parkplatz, vielleicht konnte er Frederik dort abpassen. Oder sollte er besser neben dessen Auto warten?

Der Späher verharrte schließlich hinter dem Auto von Frederik Hendriksson, sodass er auf den ersten Blick nicht zu erkennen war. Er wollte das Überraschungsmoment für sich nutzen.

Die Lichter des Mercedes blinkten, gleichzeitig entriegelte sich das Fahrzeug mit einem Klacken. Das war das Startsignal für den Späher, der die Waffe in seiner Jackentasche mit der rechten Hand umschloss.

Endlich hörte der Späher die Schritte seines Opfers und sprang dann hinter dem Mercedes hervor.

Überrascht japste Frederik, sofort verzog er verärgert das Gesicht. »Was wird das, Caroline?«, fragte er kalt.

»Reichen dir drei Anzeigen nicht? Was muss noch passieren, dass du mich endlich in Ruhe lässt? Ich will nichts mehr mit dir zu tun haben, kapier das endlich!«

»Genau darüber wollte ich mit dir sprechen.« Caroline schob ihre Kapuze ein Stück weit zurück. »Was fällt dir eigentlich ein, bei meinen Kollegen solche Unwahrheiten zu verbreiten? Man hat mich vorhin suspendiert, wusstest du das? Weißt du, was das für meine Ausbildung bedeutet?«

»Das hättest du dir vorher überlegen sollen, bevor du mit den ganzen Aktionen begonnen hast.« Frederik musterte sie ungnädig.

»Aktionen?«, tat Caroline erstaunt.

»Dein Telefonterror? Dein Besuch in der Notaufnahme, bei dem du mich stundenlang hast anrufen lassen? Und gestern Abend, als du nackt in meinem Bett gelegen hast? Caroline, so geht das nicht. Du hast es im Guten nicht kapieren wollen, jetzt geht alles einen offiziellen Weg. Du hast mir keine Wahl gelassen.«

»Du hast immer eine andere Wahl.« Caroline machte einen Schritt auf Frederik zu und berührte ihm am Unterarm. »Komm zu mir zurück und hör auf, dich so gegen unsere Liebe zu wehren. Lass uns da weitermachen, wo wir letzte Woche aufgehört haben.«

»Es gibt kein *Wir* mehr«, rief Frederik genervt. »Das versuche ich seit Sommer, dir begreiflich zu machen. Ich habe mit dir Schluss gemacht, weil ich keine Beziehung zu dir möchte. Ich will nicht, dass du meine Freundin bist!«

»Warum bist du dann mit mir ins Bett gegangen?«, fragte sie und verengte die Augen.

»Es war ein Fehler, den ich nie hätte machen dürfen.« Frederik schüttelte den Kopf. »Es tut mir leid, dass du dir deswegen Hoffnungen gemacht hast, aber mehr als Sex war das nicht für mich.«

Caroline starrte auf Frederiks Lippen und blendete seine Worte einfach aus. Vielmehr erinnerte sie sich daran, wie er sie in der vergangenen Woche mit diesen wunderbar weichen Lippen geküsst hatte. Und wie aus diesem Kuss so viel mehr geworden war.

»Und jetzt entschuldige mich, ich möchte nach Hause.« Frederik riss Caroline abrupt aus ihren Erinnerungen.

»Was?« Irritiert hob sie den Blick und sah ihm wieder in die Augen.

»Lass mich vorbei, ich möchte jetzt nach Hause fahren«, erklärte Frederik mit Ärger in der Stimme.

»Es interessiert mich nicht, was du möchtest«, erklärte Caroline kalt und zog ihre rechte Hand aus der Jackentasche. Ihre Faust umschloss das Springmesser, der Daumen lag auf dem Auslöseknopf. »Glaubst du, nur weil du ein Hendriksson bist, darfst du auf den Gefühlen anderer herumtrampeln? Glaubst du, du kannst machen was du willst? Hast du nur einen Moment an mich gedacht? Du hast mich eiskalt ausgenutzt!« Sie zitterte vor Wut.

Wer gab ihm das Recht, sich so gleichgültig zu verhalten und auf ihren Gefühlen herumzutrampeln?
Wer beeinflusste ihn?
Wer wollte mit aller Macht verhindern, dass sie zusammen glücklich werden konnten?

Frederiks Blick blieb an ihrer rechten Hand hängen, seine Augen weiteten sich leicht.

»Darüber haben wir schon mehrfach gesprochen, Caroline. Und ich werde es nicht noch einmal wiederholen«, erklärte er bemüht ruhig, doch seine Stimme bebte und verriet so seine Furcht.

Andeutungsweise lächelte Caroline. Langsam trieb sie ihn in die Enge, so wie er das verdient hatte. Und Furcht war ein sehr guter Anfang. »Du zerstörst mein Leben, ohne mit der Wimper zu zucken, und erwartest, dass ich das einfach so hinnehme? Glaubst du wirklich, dass ich mich nicht zur Wehr setze?«

»Es gibt einen Unterschied zwischen *sich wehren* und *blind Rache nehmen*«, erklärte Frederik und wich einen Schritt zurück. »Ob du das jemals verstehen wirst, bezweifle ich allerdings.«

Caroline zitterte vor Wut, als sie zum Sprung ansetzte, das Messer aufschnappen ließ und sich auf Frederik stürzte. Die scharfe Klinge glitt mühelos durch die dicke Jacke und drang von oben in Frederiks linke Schulter ein.

Ein gequältes Stöhnen entfuhr Frederik, der Schock stand ihm in das Gesicht geschrieben. »Caro?«, fragte er benommen.

»Du erntest, was du säst«, erklärte Caroline und holte mit dem Messer blitzschnell erneut aus.

Geistesgegenwärtig wich Frederik diesem Stoß aus,

sodass die Klinge die Winterjacke am Oberarm aufschlitzte. Ob sie ihn darunter verwundet hatte, konnte Caroline nicht sagen.

»Hilfe!«, rief Frederik aus Leibeskräften und hob die Arme zur Verteidigung, doch als geübte Kampfsportlerin sah Caroline sofort ungeschützte Angriffspunkte.

»Du wirst gleich still sein«, prophezeite ihm Caroline, trat ihm kräftig gegen den Oberschenkel, was Frederik auf die Knie sinken ließ. Seine rechte Hand glitt reflexartig über die Prellmarke und so war seine Deckung deutlich geschwächt. Caroline setzte blitzschnell einen zweiten Tritt gegen die verletzte linke Schulter, wodurch Frederik rücklings zu Boden fiel und durch den Sturz die Deckung seines Oberkörpers aufgab. Darauf hatte Caroline nur gewartet. Sie schnellte nach vorn und stach ihm die lange Klinge in den Bauch. Ein gequälter Laut entfuhr Frederik, er starrte sie voller Entsetzen an und war unfähig, zu reagieren.

»Lass«, flehte er unter Schmerzen und versuchte, mit der rechten Hand nach ihr zu greifen.

»Das hast du dir selbst zuzuschreiben.« Caroline zeigte sich von seinem Betteln unbeeindruckt, zog die Klinge mit einem Ruck aus der Wunde und stach sofort erneut zu. Wie von Sinnen ließ sie die Klinge wieder und wieder niedersausen, auch als Frederik längst keinen Laut mehr von sich gab.

»Hey, Sie da!« Ein Mann näherte sich von der Seite. »Hören Sie sofort auf damit!«

Ruckartig wandte sich Caroline ihm zu, sprang auf und richtete das blutige Messer auf den Passanten.

»Handy weg«, befahl sie und machte einen Satz auf den Mann zu.

Kapitel 29

»Was haben wir?«, fragte der Schockraumleiter und sah angespannt auf die Trage, die zwei Kollegen gerade hereingeschoben hatten.

»Das ist Doktor Hendriksson, er wurde gerade auf dem Parkplatz von einer unbekannten Person niedergestochen«, fasste der Assistenzarzt die wenigen bekannten Fakten zusammen.

Eilig zerschnitten Pfleger Frederiks Winterjacke und die darunterliegenden Kleidungsschichten, damit die Ärzte die Verletzungen überhaupt beurteilten konnten.

»Einleiten der Narkose und Intubation, dazu nehmen wir sofort ein Notfalllabor ab«, wies der Schockraumleiter seine Kollegen an und brachte Elektroden für das EKG auf Frederiks Oberkörper an.

»Puls ist regelmäßig, der Blutdruck lässt auf größeren Blutverlust schließen«, meldete der Assistenzarzt neben dem Monitor.

»Wir haben einen Cut am linken Oberarm, eine Stichwunde in der linken Schulter.« Der Schockraumleiter suchte Frederiks Körper nach weiteren offenen Wunden ab. »Wir haben eins, zwei, drei, vier, fünf Stiche in den Bauchraum. Das muss sofort im OP behandelt werden. Bitte rufen Sie die Viszeralchirurgen an, wir werden einige zusätzliche Hände benötigen.«

Im Hintergrund wurde telefoniert, währenddessen

führte der Anästhesist bereits einen Beatmungsschlauch in Frederiks Luftröhre ein.

»Wir können sofort los, ich bin hier fertig«, informierte der Anästhesist seine Kollegen und zog sich die Handschuhe aus. »Welcher OP ist frei?«

»Es geht in Saal sieben, wir laufen direkt durch. Die Kollegen Dobner und Meidinger sind bereits auf dem Weg dorthin.« Der Schockraumleiter zog den Schlüssel für den Aufzug aus seiner Tasche und lief voran, seine Kollegen folgten ihm mit der Liege, dem Überwachungsmonitor und dem Beatmungsgerät.

Eilig wuschen sich die Chirurgen steril, während die Liege in den OP-Saal geschoben wurde.

»Fünf Stiche in den Bauchraum, da müssen wir das Schlimmste befürchten«, bemerkte Sebastian Dobner und ließ sich in den Kittel helfen.

Währenddessen wurden eilig OP-Tücher über dem Patienten ausgebreitet.

»Er ist jung, da kann der Körper noch einiges wegstecken«, meinte Heinz Meidinger, der zweite Viszeralchirurg und trat ebenfalls an den Patienten heran. Ihm gegenüber standen zwei erfahrene Assistenzärzte.

»Es sind massive Blutungen und Schäden an den Organen zu erwarten. Wir werden also in erster Linie Schadensbegrenzung betreiben«, erklärte Sebastian Dobner in seiner Rolle als leitender Chirurg und ließ sich das Skalpell anreichen. Er setzte einen geraden Schnitt vom Schambein bis zum Brustbein und durchtrennte die darunterliegenden Muskelschichten. Dann zog Doktor Dobner die Wundränder mit Haken weit auseinander, die einer der Assistenzärzte nun festhielt.

»Bauchtücher«, kommandierte Doktor Dobner und versuchte, erst einmal einen Überblick über den Bauchraum seines Patienten zu bekommen.

»Die Leber hat einen Stich abbekommen und blutet ziemlich stark«, berichtete der zweite Assistenzarzt mit dem Sauger.

»Versuchen Sie, die Blutung mit Klemmen zu stoppen«, wies Dobner seinen Kollegen an. »Magen und Milz sind intakt.«

»Die Aorta ist ebenfalls unversehrt«, meldete Doktor Meidinger. »Die meisten Verletzungen betreffen den Dünndarm und die Leber.«

»Kümmern Sie sich um den Darm, ich sehe zu, dass ich die Leberblutung in den Griff bekomme«, entschied Doktor Dobner.

Der Anästhesist forderte erneut Blutkonserven an und versuchte gleichzeitig, den Kreislauf seines Patienten mit Medikamenten zu stabilisieren.

»Haben Sie die Blutungsquelle gefunden?«, fragte er angespannt, da die Chirurgen zuletzt schweigend gearbeitet hatten.

»Ich werde ein Stück Dünndarm entfernen, da ist bereits Gewebe abgestorben«, meldete Doktor Meidinger. »Aber das wird er verkraften können.«

»Wir haben zwei Blutungsquellen ausmachen können, jetzt müssen wir die Gefäße wieder vernähen.« Doktor Dobner klang äußerst angespannt und konzentriert. »Haben Sie den Kreislauf im Griff?«

»Ohne weiteren Blutungen ja.« Der Anästhesist zeigte sich vorsichtig optimistisch und überprüfte die Einstellungen der Infusionen.

»Die Klemme bitte öffnen«, wies Doktor Dobner den Assistenzarzt an.

Sofort quoll frisches Blut aus der Leber, gleichzeitig schlug der Überwachungsmonitor Alarm.

»Verdammt, die Naht hält nicht«, fluchte Sebastian Dobner und brachte neue Klemmen an den betroffenen Blutgefäßen an.

Konzentriert arbeiteten die Chirurgen weiter an der Versorgung der zahlreichen Verletzungen und konnten nach stundenlanger Arbeit endlich vorsichtig aufatmen.

»Dünndarm ohne Leck, wir müssen den Bauchraum nur noch einmal spülen, bevor wir ihn zu machen.« Doktor Meidinger sah auf die Hände seiner Kollegen, die immer noch mit der Leberverletzung beschäftigt waren.

»Sie sollten langsam zum Ende kommen«, mahnte der Anästhesist. »Ansonsten bekommen wir noch ganz andere Probleme.«

Ungeduldig nickte Sebastian Dobner und atmete tief durch. »Ich habe einen Patch aufgenäht. Dann wollen wir mal sehen, ob das Blutgefäß damit wieder dicht ist.« Er nickte und ließ den Assistenzarzt die Klemme erneut öffnen. Zu seiner großen Erleichterung war keine neue Blutung zu erkennen.

»Gut, dann spülen wir und machen ihn anschließend zu.« Doktor Meidinger legte seine Instrumente zurück auf das Tablett.

Kapitel 30

»Hallo Peter«, rief Kriminalpolizistin Julia Förster und kam auf ihren Kollegen zu gelaufen. »Es tut mir leid, dass wir dich an deinem eigentlich langen Wochenende anrufen mussten. Aber dieser Fall wird dich interessieren.«

»Wir werden sehen.« Peter Hauser betrat den abgesperrten Bereich des Ärzteparkplatzes hinter dem Absperrband und verschränkte die Arme. Sein Blick wanderte über die geparkten Fahrzeuge und die Kollegen der Spurensicherung hinter einem dunkelblauen Mercedes mit Hamburger Kennzeichen.

»Sagt dir der Name *Hendriksson* noch etwas?«, fragte Julia Förster.

Hendriksson. Der Name kam Peter Hauser sofort bekannt vor. Er musste nur kurz nachdenken, um sich Details zu alten Fällen wieder ins Gedächtnis zu rufen.

»Der große Transplantationsskandal, Frederik Hendriksson wurde entführt und gefoltert. Und am Ende gab es doch eine große Schießerei auf einem Gestüt irgendwo außerhalb von Hamburg«, überlegte er laut. »Ist wieder ein Hendriksson in unseren aktuellen Fall involviert?«

»Frederik Hendriksson wurde gegen siebzehn Uhr von einer unbekannten Person niedergestochen«, berichtete Julia Förster. »Im Moment wird er operiert, die Verletzungen sind akut lebensgefährlich. Zeugen haben den Angreifer in die Flucht geschlagen, eine hilfreiche Personenbeschreibung gibt es allerdings nicht.«

»Sonstige Spuren?«, fragte Hauser seufzend.

»Wir sind noch dabei, aber der Täter war sehr vorsichtig.« Die Kriminalpolizistin sah auf ihre Notizen. »Laut Zeugen trug der Täter blaue Jeans und eine dunkle Jacke mit Kapuze. Viel ist das nicht.«

»Und die Tatwaffe?«

»Hat der Täter mitgenommen. Es handelt sich wohl um eine Art Dolch.« Julia Förster schob das Notizbuch wieder in ihre Jackentasche.

»Mhm.« Peter Hauser musterte seine Kollegin nachdenklich. »Im Grunde ist das nicht dein erster Fall dieser Art. Warum hast du mich hinzugezogen?«

»Ich habe das drängende Gefühl, dass mehr dahintersteckt. Und dass es möglicherweise doch wieder mit unserem alten Fall zu tun hat«, erklärte die Polizistin. »Du hattest damals einen guten Draht zu den Hendrikssons, vielleicht bekommst du mehr Informationen aus ihnen heraus?«

»Ich soll also die Angehörigen befragen.« Peter Hauser schüttelte den Kopf. »Und was machst du währenddessen?«

Missmutig machte sich der Kriminalhauptkommissar Hauser auf den Weg zur Familie Hendriksson, die Adresse hatte er von einem Kollegen bekommen.

»Ich muss endlich lernen, *Nein* zu sagen«, schimpfte sich der Ermittler selbst und hielt an der nächsten roten Ampel. »*Frei* heißt *frei* und nicht *Aushilfe für Fälle mit Baugefühl*.«

Noch fünfundvierzig Minuten Fahrt lagen laut Navigationsgerät vor ihm und hoben seine Laune nicht unbedingt. Doch mit jedem gefahrenen Kilometer wanderten seine Gedanken weiter zu dem Opfer des aktuellen Falls. Frederik Hendriksson.

Er war damals Assistenzarzt gewesen und von seinem Vorgesetzten entführt worden. Er war wochenlang gefoltert worden, bis sie ihn schließlich auf der Insel Rügen aufgespürt hatten. Den Anblick des misshandelten jungen Mannes würde der erfahrene Kriminalpolizist nie mehr vergessen.

»Ich hatte gehofft, dass sich unsere Wege nicht mehr kreuzen«, murmelte Hauser, bremste ab und bog schließlich von der Bundesstraße ab auf die Zufahrt zum Gestüt der Hendrikssons. Im Schein der zahlreichen Leuchten fuhr Peter Hauser auf den Hof und parkte vor dem großen Hauptgebäude. Die Stalltüren und Tore der großen Reithalle waren verschlossen, im Gebäude vor ihm brannte Licht. An sich sah alles normal aus für einen Freitagabend.

Seufzend stieg Hauser aus und ließ den Blick noch einmal schweifen. In der Halle hinter ihm war Professor Hendriksson von Polizisten erschossen worden, bevor er auf seinen Sohn hatte schießen können.

Wie es der Familie wohl mit diesem einschneidenden Erlebnis ging?

»Kann ich Ihnen helfen?«, fragte ein Mann und näherte sich langsam, sein Hund an der Leine knurrte.

»Ich bin Kriminalhauptkommissar Hauser«, stellte sich der Ermittler vor und zog seinen Ausweis aus der Tasche.

»Sie haben damals ermittelt, als mein Bruder entführt worden war«, stellte der Mann angespannt fest und musterte ihn von oben bis unten. »Was führt Sie hierher? Wie kann ich Ihnen weiterhelfen?«

»Lassen Sie uns bitte im Haus weitersprechen«, bat Hauser. »Ist Ihre Mutter auch hier? Und Ihr anderer Bruder?«

»Kommen Sie.« Kopfschüttelnd führte Frederiks Bruder den Polizisten in die geräumige Wohnküche und behielt den Hund weiterhin an der Leine.

»Was ist denn hier los?« Ein weiterer Mann – offenbar Frederiks anderer Bruder – zog den Kochtopf von der heißen Herdplatte, schaltete die Platte aus und näherte sich eilig. »Herr Hauser?«

»Das ist richtig.« Gequält verzog der Polizist das Gesicht. »Wo ist Ihre Mutter?«

»In Südamerika, eine Konzerttour. Heute sollen sie in Rio ankommen, Mama wollte sich melden. Warum fragen Sie das?« Julian Hendriksson runzelte die Stirn.

»Ich bin hier, weil Ihr Bruder Frederik gegen siebzehn Uhr auf einem Klinikparkplatz in Sankt Georg niedergestochen und schwer verletzt wurde«, erklärte Peter Hauser. »Er wird zur Stunde noch operiert.«

Seine Worte brauchten einen Moment, um in ihrer Bedeutung bei den Brüdern anzukommen. Oliver Hendriksson ließ sich einfach zu Boden sinken und schloss den Hund in die Arme.

»Wer war das?«, fragte Julian Hendriksson tonlos. Der Schock stand ihm in das Gesicht geschrieben. »Wer hat ihm das angetan?«

»Drei Mal darfst du raten«, murmelte Oliver. »Mir fällt nur eine Person ein, der ich so etwas zutraue.«

»Der Täter ist flüchtig, wir sind auf alle Hinweise angewiesen.« Hauser setzte sich ungefragt auf das Sofa.

»Gibt es denn Personen, mit denen Ihr Bruder zuletzt Streit hatte? Wurde er bedroht? Gab es Vorfälle?«

Oliver Hendriksson räusperte sich und wischte sich Tränen von der Wange. »Das war ganz sicher das Werk seiner Ex-Freundin, Caroline Wagner.«

»Was ist mit Frau Wagner denn vorgefallen?«, fragte Peter Hauser und notierte sich den Namen. Für den Moment konnte er kein Gesicht zuordnen, doch er war sich sicher, die Frau schon einmal gesehen zu haben.

»Frederik hat sich letzten Sommer von ihr getrennt und war bis Dezember bei unserem Onkel in München. Caroline hat sich im Spätsommer hier für Reitstunden angemeldet, das hat uns aber erst einmal nicht verwundert. Immerhin ist es nicht ungewöhnlich, dass Erwachsene hier Unterricht nehmen.«

»Und sie hat sich ja auch gut benommen«, fügte Julian Hendriksson hinzu und setzte sich Hauser gegenüber auf das zweite Sofa. »Frederik fand das natürlich nicht ganz so toll, als er bei seiner Rückkehr davon erfahren hat, aber er konnte Caroline recht gut aus dem Weg gehen.«

»Zum ersten Mal sind sie sich in der Klinik begegnet, als Caroline nach einem Autounfall dort eingeliefert worden ist. Frederik hat das nur am Rande erwähnt«, fuhr Oliver Hendriksson fort und streichelte den Hund mit gleichmäßigen Bewegungen. »Vorletzte Woche waren sie wohl gemeinsam Kaffee trinken. Keine Ahnung, warum sich Frederik darauf eingelassen hat. Jedenfalls ist es hinterher mit ihr richtig schlimm geworden. Sie hat ihn in einer Tour angerufen und wohl auch noch einmal in der Notaufnahme aufgesucht. Als sie dann gestern Abend nackt in seinem Bett lag hat Frederik sie vom Hof geworfen und heute Morgen angezeigt. Wie das gelaufen ist, wissen wir nicht. Er wollte uns das eigentlich heute beim Abendessen erzählen.«

Anzeigen überprüfen!

Wer ist zuständig?

Wieder hielt Peter Hauser seine Gedanken nur in Kurzform in seinem Notizbuch fest. »Hat sich Frau Wagner seit gestern noch einmal bei Ihnen gemeldet oder ist hier auf dem Hof aufgetaucht?«, fragte der Polizist.

»Hier war niemand.« Julian Hendriksson seufzte und deutete auf den Hund. »Falls doch würde Baal das sofort anzeigen. Er ist sehr sensibel, was Fremde in seiner direkten Nähe angeht.«

Frederik Hendrikssons Brüder hatten Peter Hauser ein großes Stück weitergebracht, als er sich gut eine Stunde später wieder auf den Weg zurück nach Hamburg machte.

Es stand also eine Beziehungstat im Raum, die sich insgeheim angedeutet hatte.

Hätte man das irgendwie vorher erkennen müssen?

Gab es Hinweise, dass Caroline Wagner derart gewaltbereit war?

Hauser beschleunigte den Dienstwagen und wählte über die Freisprechanlage die Handynummer seiner Kollegin.

»Schickst du mir bitte die Adresse von Caroline Wagner?«, bat er Julia Förster ohne einleitende Worte. »Und ich benötige Unterstützung, sie ist die mutmaßliche Täterin.«

»Ich wusste, dass du Informationen bekommst. Klar, ich suche dir sofort die Adresse heraus.« Seine Kollegin klapperte mit der Tastatur. »Greifswalder Straße 22. Kollegen sind unterwegs. Pass auf dich auf, ich suche in der Zwischenzeit alle verfügbaren Informationen zu Frau Wagner zusammen.«

War verschmähte Liebe tatsächlich das Motiv für eine solche Gewalttat?
Oder steckte da noch mehr dahinter?

»Die Wohnung ist im zweiten Stockwerk und es gibt keine Hinweise, dass die gesuchte Person vor Ort ist«, informierte der Teamleiter der Einsatzgruppe den Kriminalpolizisten.

»Die Zielperson ist Polizeischülerin im Praktikum und hat ihre Dienstwaffe möglicherweise bei sich. Sie ist gewaltbereit und verfügt über mindestens eine Stichwaffe«, informierte Peter Hauser seine Kollegen und zog sich eilig eine schusssichere Weste über.

»Okay, wir gehen vor, Sie folgen uns.« Der Teamleiter nickte und verschaffte sich gemeinsam mit seinen Kollegen Zutritt zum Wohngebäude.

Mit einem Krachen gab die Wohnungstür dem Rammbock nach. Das Licht wurde eingeschaltet, gleichzeitig drängten sich die Polizisten der Einsatzgruppe in die kleine Wohnung.

»Sicher!«

»Gesichert!«

»Hier ist niemand.«

Es dauerte eine Minute, da hatten die Polizisten die Wohnung nach Caroline Wagner durchsucht und gaben Entwarnung, sodass Peter Hauser ebenfalls eintrat.

Der Kriminalpolizist zog sich Handschuhe über und sah sich den Schreibtisch näher an. Ein Laptop stand ausgeschaltet vor ihm, ansonsten war der Tisch komplett leer. Der Rollcontainer mit vier Schubladen war abgeschlossen.

»Da war jemand gründlich«, stellte der Teamleiter der Einsatzgruppe fest. »Ich habe selten so eine unpersönliche Wohnung gesehen. Es gibt keine Bilder oder Fotos, keine Pflanzen, keine Bücher, nichts.«

Das war Hauser ebenfalls aufgefallen. »Frau Wagner ist Polizeischülerin. Sie kennt unsere Methoden und kann ihnen dadurch deutlich effektiver ausweichen.«

»Sie meinen, sie hat das alles so geplant?« Der Teamleiter schüttelte den Kopf.

Weitere Kriminalpolizisten aus dem Team übernahmen die weitere Durchsuchung der Wohnung, sodass Peter Hauser zurück zum Polizeipräsidium fuhr.

»Wie sieht es hier aus? Gibt es Neuigkeiten?«, fragte er und schloss die Bürotür hinter sich.

»Ich habe in der Klinik angerufen, Doktor Hendriksson hat die Operation überstanden. Er ist jedoch nicht vernehmungsfähig«, berichtete Julia Förster und öffnete eine Getränkedose. »Dann habe ich mir mal die Anzeigen näher angesehen, die Doktor Hendriksson heute Morgen erstattet hat. Es geht dabei um Nachstellung, Hausfriedensbruch und sexuelle Belästigung. Caroline Wagner wurde heute Vormittag von Hauptkommissar Markl dazu befragt und hat alle Vorwürfe abgestritten. Laut ihrer Darstellung sei das alles nur eine Inszenierung von Frederik Hendriksson, weil er das Ende der Beziehung nicht akzeptieren könne.«

»Also genau das Gegenteil von dem, was mir Frederiks Brüder berichtet haben.« Hauser schüttelte den Kopf. »Was hat Kollege Markl noch dazu gesagt? Wie schätzt er ihre Aussage ein?«

»Er hat veranlasst, dass Caroline Wagner vom Dienst suspendiert wird. Eine Unschuldsvermutung sieht anders aus.« In großen Schlucken trank Julia Förster ihren Energydrink.

»Ich verstehe. Dann hat Frau Wagner vermutlich aus Rache gehandelt?« Peter Hauser seufzte. »Als Polizistin sollte sie eigentlich über solchen Dingen stehen. Aber gut, manches wird bei den Einstellungstests wohl übersehen. Haben wir Hinweise, wo sie sich aufhalten könnte?«

»Wir haben in der Kaserne und bei ihrem Vater nachgesehen, dort ist sie nicht. Die Fahndung läuft.« Die Kriminalpolizistin zerknautschte die leere Getränkedose in der Faust. »Zwei Kollegen haben zudem ein Auge auf Doktor Hendriksson.«

»Immerhin.« Ermittler Hauser unterdrückte ein Gähnen. »Gibt es sonst noch etwas, das ich eigentlich wissen sollte zu diesem Fall?«

»Frederik Hendriksson hat vor einigen Tagen eine weitere Anzeige erstattet, da eine Abhörvorrichtung an seiner Wohnung installiert worden war. Dieselben Geräte wurden auch auf dem Gestüt der Hendrikssons und der Wohnung seiner Mutter entdeckt. Die Ermittlungen wurden aufgenommen, doch noch gibt es keine Hinweise auf den oder die Täter. Keine Fingerabdrücke oder andere Spuren. Hendriksson hat bei seiner Anzeige einen Zusammenhang zum Transplantationsskandal vermutet.«

Kapitel 31

Schon am Mittag war abzusehen, dass sich Niklas' Arbeitstag deutlich in die Länge ziehen würde. Der Kollege für die Spätschicht auf dem Notarztfahrzeug hatte sich kurzfristig krankgemeldet und dank des um diese Jahreszeit hohen Krankenstandes sprang Niklas notgedrungen ein.

»Mal wieder Doppelschicht, ja?« Maximilian Vollmer musterte seinen Freund nachdenklich. »Die wievielte ist das diesen Monat?«

»Meine dritte, aber das ist halb so wild.« Niklas zog sich eilig die Notarztdienstkleidung an. »Mir geht es gut.«

»Das will ich hoffen, wenn du zum Dienst antrittst.« Doktor Vollmers kritische Miene hellte sich wieder auf. »Dann wünsche ich dir eine ruhige Schicht, ich gehe lieber mit Freunden zum Steak-Essen.«

»Lass es dir schmecken. Vielleicht schaffen wir das ja auch bald mal.« Schon schloss Niklas die Reißverschlüsse seiner Einsatzstiefel, nahm die Jacke aus dem Spind und verließ die Personalumkleide der Unfallchirurgen in Richtung der Rettungswache.

»Guten Abend, Doktor Thorsen«, begrüßte ihn Notfallsanitäter Volker Wegener übertrieben förmlich. »Erkennen Sie mich noch? Haben Sie mich letzte Woche sehr vermisst?«

Niklas schmunzelte und hängte die Jacke an den Haken im Flur. »Jederzeit«, versicherte er. »Und du bist so gut gelaunt, weil unser Fahrzeug noch unterwegs ist und wir sogar für das Abendessen bezahlt werden?«

»Du kennst mich.« Volker lachte. »Die Kollegen sind zehn Minuten vor Schichtende ausgerückt. Es kann also eine Weile dauern, bis wir unser Auto zurückbekommen.«

»Das gibt mir Zeit, kurz zu telefonieren.« Niklas fischte sein Handy aus der Hosentasche. »Übernimmst du die Bestellung des Abendessens? Vielleicht haben wir ja Glück und können tatsächlich in Ruhe essen.«

Leise schloss Niklas die Tür zu einem der Bereitschaftszimmer der Rettungswache hinter sich und sah seufzend auf die Anrufe aus der Ambulanz für Herz-Thorax-Chirurgie. Vor gut anderthalb Stunden hatte er dort einen Termin gehabt und diesen dank eines Schockraumpatienten verpasst. Wrede dürfte darüber nicht gerade erfreut sein, doch das konnte Niklas gerade auch nicht ändern. Stattdessen wählte er Frejas Handynummer, um nach seiner kurzen Textnachricht vorhin noch einmal richtig mit ihr zu sprechen.

»Na du?«, fragte Freja, da war das Freizeichen keine drei Mal ertönt.

»Na?« Niklas lächelte zärtlich. »Was macht die Übelkeit? Wie war dein Tag mit Elina?«

»Mir ist ja nur morgens schlecht, das gibt sich im Laufe des Vormittags«, berichtete Freja. »Dementsprechend hatte ich einen sehr schönen Tag mit Elina, wir waren lange an der Alster spazieren.«

»Das freut mich sehr.« Niklas' Lächeln wurde breiter.

»Meine Schicht geht bis um Zehn. Ich hoffe, dass wir einigermaßen pünktlich Feierabend machen können.«

»Pass schön auf dich auf. Elina und ich warten auf dich«, bat ihn Freja mit sanfter Stimme. »Ich liebe dich, mein Schatz.«

»Ich liebe dich auch.« Niklas schloss für einen Moment die Augen. »Bis später.«

Tatsächlich waren Niklas und Volker nur zu einem einzigen Notfall gerufen worden. Ansonsten hatten sie einen sehr entspannten Abend auf der Rettungswache verbracht.

»Wann fährst du wieder als Notarzt nächste Woche?«, fragte Volker nach der Fahrzeugübergabe. »Ich fahre sechs Tage durchgehend.«

»Ich bin Donnerstag und Samstag eingeteilt. Vielleicht habe ich ja Glück bei der Zuteilung meines Fahrers.« Niklas schmunzelte. »Gute Nacht und wir sehen uns!«

Gähnend lief Niklas zur Personalumkleide und war mehr als erleichtert, Doktor Wrede nicht zu begegnen. Dem hartnäckigen Herz-Thorax-Chirurgen traute er es durchaus zu, ihm auf dem Flur oder in der Umkleide aufzulauern.

Das Handyklingeln durchbrach die Stille in dem großen Raum, als Niklas seine Jacke ordentlich auf den Bügel hängte.

»Ja?«, meldete er sich knapp, ohne auf die Rufnummer zu sehen, und klemmte sich das Gerät zwischen Kopf und Schulter.

»Niklas? Hier ist Oliver.« Die Stimme von Frederiks Bruder klang anders als sonst und ließ Niklas irritiert die Stirn runzeln. »Störe ich dich gerade?«

»Ich bin noch in der Umkleide und dann auf dem Weg nach Hause, aber stören tust du mich nicht«, versicherte Niklas. »Was ist denn los? Ist etwas passiert?«

Oliver seufzte abgrundtief. »Frederik wurde nach seiner Schicht auf dem Klinikparkplatz niedergestochen und schwer verletzt. Die Not-OP hat er überstanden, mehr können uns die Ärzte gerade nicht sagen.«

Geschockt ließ sich Niklas auf die Bank zwischen den Spindreihen sinken. »Wer war das? Wer hat ihm das angetan?«, fragte er und schluckte schwer.

»Wir vermuten, dass das Carolines Werk ist, nachdem Frederik sie heute Morgen angezeigt hat«, berichtete Oliver mit belegter Stimme. »Die Polizei ermittelt und sucht mit Hochdruck nach dem Täter oder der Täterin. Die Zeugenbeschreibungen sind äußerst dürftig, hat dieser Kommissar Hauser gesagt.«

»Hauser?« Niklas schüttelte den Kopf.

»Der hat die Ermittlungen zu Frederiks Verschwinden geleitet und war nach den Schüssen in der Reithalle ebenfalls vor Ort.« Oliver seufzte. »Hast du eine Idee, wo sich Caroline versteckt haben könnte? Oder fällt dir noch jemand anderes ein, dem du so eine brutale Tat zutraust?«

Kapitel 32

Nach dem Wechsel von der Spät- zur Nachtschicht kehrte Ruhe im großen Klinikgebäude ein und so konnte Caroline etwas durchatmen. Weit war sie nicht geflohen und hatte sich im verwinkelten Keller des Krankenhauses versteckt.

Der Snackautomat ließ sich im Austausch gegen Kleingeld ein Getränk und Kekse entlocken, dann zog sich Caroline wieder in ihr Versteck hinter Essens- und Wäschewägen zurück. Das Softgetränk war eine Wohltat für ihre ausgetrocknete Kehle und die Kekse beruhigten vorerst ihren knurrenden Magen.

Nachdem ihre körperlichen Bedürfnisse wieder befriedigt waren, konnte Caroline über ihr weiteres Vorgehen nachdenken.

Irgendwie musste sie sicherstellen, dass Frederik tatsächlich das bekommen hatte, was er sich mit seinem Verhalten verdient hatte. Er sollte nicht schon wieder davonkommen und sein Leben einfach weiterleben können, als wäre nie etwas passiert.

Falls er die Stichverletzungen also tatsächlich überlebt hatte, lag er mit großer Sicherheit auf der Intensivstation.

Sie musste also einen Weg finden, unauffällig auf die Station zu gelangen und Frederik dort möglichst schnell zu finden, um ihren Plan vollenden zu können. Am einfachsten war das vermutlich in Dienstkleidung.

In den unzähligen Wäschewägen befand sich neben Schmutzwäsche eine große Ladung frisch gewaschene OP-Kleidung in sämtlichen Größen.

Ohne zu zögern schnappte sich Caroline eine Garnitur, zog sich um und stopfte ihre private Kleidung zwischen die Schmutzwäsche. Nur das Springmesser behielt sie bei sich und ihre Schuhe. Zudem band sie ihre langen Haare zu einem strengen Knoten zusammen, um nicht sofort erkannt zu werden.

Jetzt blieb nur noch die Frage, wann sie zur Station aufbrechen sollte. Nachts war das Personal deutlich reduziert und sie konnte einen unbeobachteten Moment mit Frederik besser abpassen. Doch sie besaß keine Zutrittskarte, wodurch sie Gefahr lief, entdeckt und gemeldet zu werden.

Lange hatte Caroline mit sich gerungen und verließ ihr sicheres Versteck schließlich gegen zehn Uhr vormittags. Die Visite müsste dann eigentlich beendet sein.

Mit dem Aufzug fuhr Caroline nach oben in den ersten Stock, atmete tief durch und strich über den steifen, dunkelblauen Stoff des Oberteils.

Kaum hatten sich die Aufzugtüren geöffnet orientierte sich Caroline an den Hinweisschildern und folgte dann einem Bett mit Patienten zur Doppeltür mit der Aufschrift *Intensivstation*. Die begleitenden Pfleger oder Ärzte nahmen keine Notiz von ihr, sodass sie niemand aufhielt, als sie am Bett vorbei auf den Stationsflur schlüpfte.

Leise atmete sie durch den Mund aus und sah durch die Glasfenster in die ersten Überwachungszimmer. Dort lagen zwei ältere Damen, im nächsten Raum ein stark übergewichtiger Mann. Von Frederik war nichts zu sehen.

Ob sie sich bis in das Stationszimmer wagen sollte? Dort gab es bestimmt eine Übersicht, welcher Patient wo lag.

Stumm wich Caroline einem weiteren Patientenbett aus, das über den Flur geschoben wurde. Flüchtig warf sie einen Blick auf den Mann, doch es handelte sich wieder nicht um Frederik.

»Du bist die Neue, nicht?« Ein Pfleger stand plötzlich vor Caroline und ließ sie erschrocken zusammenzucken.

»Äh ja«, bestätigte sie mit roten Wangen. »Ich bin die Neue, richtig.«

»Mia, oder?« Der Pfleger lächelte freundlich. »Ich bin Kai. Suchst du das Stationszimmer? Ich begleite dich gern dorthin. Aber ich fürchte, du musst ein paar Minuten warten, wir haben gerade Notfälle bei zwei Patienten und drei Verlegungen.«

»Klar, kein Problem«, versicherte Caroline und folgte Pfleger Kai wie selbstverständlich über den langen Flur. Noch einfacher hätte es nicht laufen können.

»So, hier ist es.« Kai blieb in einer offenen Tür stehen und deutete in den Raum. »Wie gesagt, gerade sind alle beschäftigt, aber ich sage der Stationsleitung Bescheid, dass du hier bist.«

»Danke.« Caroline lächelte gedankenverloren. »Wo sind denn hier die Toiletten?«

»Geradeaus und die zweite Tür links.« Freundlich wies ihr der Pfleger den Weg und ließ sie dann allein.

Kapitel 33

»Doktor Thorsen? Hier ist Oliver Wrede. Ich nehme an, Sie wissen, warum ich anrufe. Unser Termin war vor einer Stunde. Nachdem Sie auch nicht in der Radiologie aufgetaucht sind, vermute ich, dass Sie weiterhin versuchen, vor Ihren gesundheitlichen Problemen davonzulaufen. Ich werde Sie also für dienstuntauglich erklären und dies der Personalabteilung melden. Bitte rufen Sie mich zurück, damit wir endlich die zwingend nötigen Untersuchungen durchführen können.«

Die Mailboxnachricht von Doktor Wrede hörte Niklas erst am Samstagmorgen nach einer reichlich schlaflosen Nacht an und löschte sie sofort. Er hatte gerade ganz andere Probleme als Doktor Wredes Ultimatum. Sein bester Freund war niedergestochen und schwerverletzt worden.

Freja hatte auch an diesem Morgen mit starker Übelkeit zu kämpfen und war seit einer Dreiviertelstunde im Badezimmer.

Und Elina hatte ihn nachts oft geweckt, da bei ihr die nächsten Zähne durchbrachen.

Gähnend goss Niklas den Teebeutel auf, den er für Freja bereits vorbereitet hatte. Vielleicht ließ sich ihr Magen damit zumindest so weit beruhigen, dass sie sich nicht gleich wieder übergeben musste.

Der Vibrationsalarm seines Handys kündigte eine Textnachricht an, die Niklas sofort öffnete. Offenbar hatte Oliver Hendriksson bereits in der Klinik angerufen und nach seinem Bruder gefragt. Jedenfalls schrieb er, dass Frederik die Nacht überstanden hatte und er ihn am Nachmittag besuchen würde.

»Immerhin«, murmelte Niklas, nahm die Teetasse und kehrte damit in das Bad zu Freja zurück.

»Irgendetwas Neues?«, fragte Freja matt und fuhr sich mit einem feuchten Handtuch über das Gesicht.

»Frederiks Zustand stabilisiert sich«, berichtete Niklas und setzte sich neben seine Frau auf den Boden, die Tasse stellte er neben sich. »Wenn es dir bessergeht, würde ich gern in die Klinik fahren und selbst nach ihm sehen.«

»Klar.« Freja atmete tief ein und ließ die Luft langsam durch den geöffneten Mund ausströmen. »Ich weiß, dass Frederik das Gleiche für dich tun würde. Und ich denke, dass es mir in einer Stunde schon wieder deutlich bessergeht. Zumindest war das in den letzten Tagen ja auch so.«

»Nimm dir die Zeit, die du brauchst. Ich bin da«, versicherte Niklas, gab ihr einen Kuss auf die Schläfe und stand dann sofort wieder auf, weil sich Elina mit lautem Weinen bemerkbar machte.

Gegen halb Zehn fuhr Niklas schließlich zur Asklepios Klinik in Sankt Georg und lief direkt zur Intensivstation. »Ich möchte nach Doktor Hendriksson sehen«, bat Niklas die Pflegerin am Eingang der Station, die gerade ein Patientenbett durch die Flügeltüren zu den Aufzügen schob.

»Da müssen Sie warten, bis Sie jemand abholt«, wies

sie ihn ab. »Ich muss erst einmal diesen Patienten verlegen.

»Klar.« Niklas vergrub die Hände in den Jackentaschen und wanderte vor den nun wieder geschlossenen Flügeltüren auf und ab.

»Kann ich Ihnen helfen?« Ein Mediziner kam den menschenleeren Flur entlanggelaufen und musterte Niklas neugierig.

»Ich wollte zu Doktor Hendriksson und soll warten, bis mich jemand einlässt« stellte Niklas fest. »Ich bin Doktor Thorsen und arbeite eigentlich in der Uniklinik.«

»Doktor Dobner.« Er dachte für einen Moment nach. »Sind Sie zufällig Unfallchirurg?«

Überrascht nickte Niklas. »Wie … ich meine, kennen wir uns?«, fragte er irritiert.

»Mein Sohn ist Assistenzarzt für Unfallchirurgie und hat Sie in seinen Erzählungen zu Hause erwähnt. Ich freue mich, Ihrem Namen endlich ein Gesicht zuordnen zu können.« Sebastian Dobner schmunzelte. »Wie stellt er sich denn in beruflicher Hinsicht an?«

»Ihr Sohn kommt mit seiner Facharztausbildung gut voran, aber das wissen Sie vermutlich bereits. Er ist einer unserer besten Assistenzärzte, hat gute Instinkte und im OP sehr talentierte Hände. Ich denke, damit können wir ihn zu einem sehr guten Unfallchirurgen ausbilden.«

»Wunderbar. Das freut mich, auch wenn ich meinen Sohn gern in der Viszeralchirurgie gesehen hätte.« Doktor Dobner wurde rasch wieder ernst. »Und Sie wollen zu Doktor Hendriksson. Sie verstehen, dass wir aufgrund der Umstände seiner Einlieferung sehr genau darauf achten, wen wir zu ihm lassen? In welchem Verhältnis stehen Sie zu Doktor Hendriksson?«

Niklas nickte ernst. »Frederik ist mein bester Freund und wir sind gemeinsam schon durch einige schwere Schicksalsschläge gegangen. Falls Sie mich durchsuchen müssen, bevor Sie mich zu ihm lassen, können Sie das gerne tun. Aber ich möchte Sie herzlich bitten, mich zumindest für fünf Minuten nach ihm sehen zu lassen.«

Doktor Dobner schüttelte andeutungsweise den Kopf. »Ich werde Sie bestimmt nicht durchsuchen, Doktor Thorsen. Aber ich kann Ihnen nicht garantieren, dass das nicht der Polizist vor dem Zimmer tun wird. Kommen Sie, ich nehme Sie mit durch den Personaleingang.«

Dankbar lächelte Niklas und zog in der Umkleide einen Hygieneumhang über, dann folgte er Doktor Dobner auf die Station.

»Wie geht es ihm denn jetzt?«, fragte Niklas nachdenklich. »Sein Bruder hat vorhin nur gemeint, dass er sich über Nacht stabilisiert hätte?«

»Ich werde mit Ihnen keine Details besprechen, weil Sie kein direkter Angehöriger sind, Doktor Thorsen. Nur so viel: sein gestriger Zustand hat uns große Sorgen bereitet und wir sind über den Verlauf der letzten Stunden sehr erleichtert.« Doktor Dobner runzelte irritiert die Stirn. »Moment, wo ist denn der Polizist?«

Sofort schoss Niklas' Puls in die Höhe.

Seite an Seite betraten Doktor Dobner und Niklas das Überwachungszimmer, in dem Frederik allein untergebracht war.

»Sie habe ich hier noch nie gesehen, wer sind Sie und

was machen Sie hier?«, fragte Sebastian Dobner beunruhigt, nachdem er die zierliche Frau in Funktionskleidung neben dem Krankenbett gemustert hatte.

»Caroline?« Schlagartig war Niklas' Mund wie ausgetrocknet und in seinen Ohren begann es zu rauschen. *Das durfte doch gar nicht wahr sein!*

Wer hatte sie überhaupt bis zu Frederik vor gelassen?

Wo war der Polizist, der eigentlich auf Frederik aufpassen sollte?

Wollte Caroline ihr Werk vollenden, das sie am Vortag begonnen hatte?

»Niklas, wir haben uns ja lange nicht mehr gesehen.« Lächelnd legte sie den Kopf schief. »Eigentlich wollte ich das alleine tun, aber ich habe auch nichts gegen Publikum.«

»Was redest du da?« Niklas machte einen Schritt auf die junge Frau zu. »Gib auf, Caroline, noch ist es nicht zu spät.«

»Frederik hat meine Karriere und mein Leben zerstört. Das zahle ich ihm mit gleicher Münze zurück«, erklärte Caroline mit seltsam entrücktem Lächeln auf den Lippen und streichelte mit der linken Hand fast zärtlich über Frederiks Stirn. »Das hast du dir selbst zuzuschreiben«, flüsterte sie und zog ihre rechte Hand aus der Tasche. Sofort ließ sie die Klinge aufschnappen.

»Vergiss es!« Ohne nachzudenken, machte Niklas einen Satz auf Caroline zu, stieß sie weg vom Bett und nutze das Überraschungsmoment, um sie mit einer Judotechnik zu Boden zu bringen.

Es war zwei Jahrzehnte her, dass er zuletzt trainiert hatte, und doch waren einige Techniken noch immer tief in seinem Körper verankert. Durch das intensive

Training zu Schulzeiten waren ihm viele Handgriffe in Fleisch und Blut übergegangen.

Japsend schlug Caroline auf dem Boden auf und spannte ihren Körper sofort zum Sprung an.

»Du bist stärker als er«, stellte sie fast schon erstaunt fest und versuchte, Niklas mit einem Kopfstoß aus dem Gleichgewicht zu bringen. Er hatte so etwas bereits vermutet und wich ihr reflexartig aus. Dadurch lockerte er seinen Griff um ihre Handgelenke minimal, doch das nutzte Caroline sofort aus. Sie entriss sich seiner Fixierung, schnellte vor und hieb mit dem Messer in seine Richtung. Sie erwischte jedoch nur den Hygienemantel, jedoch nicht Niklas Körper.

»Gibt auf!« Niklas atmete schwer und nahm die Fäuste zur Verteidigung hoch. Zudem wählte er eine seitliche Fußstellung, durch die er etwas stabiler stand.

»Niemals.« Energisch schüttelte Caroline den Kopf und trat ihm gegen den Oberschenkel. Das Knie verfehlte sie dank seiner raschen Ausweichbewegung. Der Schmerz schoss Niklas durch das Bein, doch er ließ sich davon nicht kleinkriegen. Stattdessen setzte er zum Sprung an und versuchte, Caroline das Messer aus der Hand zu treten. Auch sie hatte seine Handlung geahnt und reagierte mit einem harten Tritt gegen seine Rippen. Die kleine Nachlässigkeit in seiner Deckung war der geübten Kampfsportlerin natürlich sofort aufgefallen.

Keuchend atmete Niklas aus und runzelte die Stirn, weil er Doktor Dobner gar nicht mehr hinter Caroline entdecken konnte.

Wo war er hin?
Holte er Hilfe?

Gab es hier nicht sogar einen Sicherheitsdienst?
Wo war nur der Polizist, der eigentlich auf Frederik auf-
passen sollte?
Seine Hilfe konnte Niklas jetzt mehr als dringend ge-
brauchen.

»Du schlägst dich nicht schlecht und ich will dir eigentlich nicht wehtun, Niklas. Gib auf und dir wird nichts
geschehen«, bot ihm Caroline an und tänzelte auf der
Stelle. »Das ist nur eine Sache zwischen Frederik und
mir, du hast damit überhaupt nichts zu tun.«

»Da irrst du dich gewaltig. Er ist wie ein Bruder für
mich.« Der Schmerz in seinen Rippen setzte Niklas
massiv zu, denn Caroline hatte zielsicher seine große
Narbe getroffen.

»Deine Entscheidung.« Gleichgültig zuckte Caroline
mit den Schultern. »Aber sag nicht, ich hätte dich nicht
gewarnt.« Sie verlagerte ihr Gewicht etwas auf das
hintere Bein, schoss dann reflexartig nach vorn und
versuchte, über Niklas' Deckung hinweg Fauststöße
gegen seinen Kopf zu landen.

Zwei Schläge blockte Niklas ab und nutzte dann den
Schwung des dritten Fauststoßes für eine weitere He-
beltechnik, mit der er Caroline abermals auf dem Boden fixierte. Den linken Arm drehte er ihr blitzschnell
auf den Rücken, sodass ihr kein Bewegungsspiel blieb.
Nur das Messer, das hielt sie immer noch in ihrer rechten Hand und stach damit in seine Richtung.

Ein Schrei entfuhr Caroline, als plötzlich ein massiver
Stiefel auf ihren rechten Unterarm trat und sie so ent-
waffnete. Zwei Männer des Klinik-Sicherheitsdienstes
waren Niklas zur Hilfe geeilt und halfen ihm, die junge
Frau zu bändigen.

Schwer atmend sank Niklas zu Boden und lehnte sich mit dem Rücken gegen die Wand. Seine rechte Hand tastete über den schmerzenden Rippenbogen.

»Lassen Sie sich ansehen, Doktor Thorsen.« Sebastian Dobner ging neben Niklas in die Hocke und begutachtete den Schnitt im Hygieneumhang.

»Da ist nichts, sie hat nur den Stoff erwischt«, stellte Niklas keuchend fest und legte den Kopf in den Nacken. »Was stimmt denn nicht mit ihr?«

»Das weiß sie vermutlich selbst nicht.« Doktor Dobner musterte Niklas besorgt. »Haben Sie Schmerzen, Doktor Thorsen? Sind Sie verletzt?«

»Ein paar Prellungen, das wird schon wieder.« Endlich kam Niklas wieder zu Atem und stand langsam auf. Kurz schwankte er, dann fing sich Niklas' Kreislauf wieder. »Wo ist eigentlich der Polizist, der auf ihn aufpassen sollte?«

»Wir haben ihn bewusstlos im Medikamentenzimmer nebenan gefunden. Offenbar wurde er von hinten niedergeschlagen. Unsere Neurochirurgen untersuchen ihn gerade.« Doktor Dobner führte Niklas in die Küche neben dem Stationszimmer. »Kaffee? Tee? Schorle?«

»Bitte Kaffee.« Aufatmend setzte sich Niklas auf die Eckbank und stützte sich mit den Armen auf die Tischplatte. »Sie hat also nichts ausgelassen und eine Spur der Verwüstung hinter sich hergezogen.«

»Wer ist diese Frau? Sie scheinen einander zu kennen?«, fragte Doktor Dobner, setzte sich Niklas gegenüber an den Tisch und schob ihm eine Tasse zu.

»Kennen ist zu viel gesagt. Sie ist Frederiks Ex-Freundin und wir sind einige Male zu viert ausgegangen.« Niklas versenkte einige Zuckerwürfel in seiner Tasse.

Doktor Dobner ließ Niklas schweigend seinen Gedanken nachhängen und trank seinen Kaffee in kleinen Schlucken.

»Doktor Dobner? Doktor Thorsen?« Eine Pflegerin sah zur Tür herein. »Zwei Herren von der Kriminalpolizei warten vor der Intensivstation auf Sie.«

»Danke.« Doktor Dobner stand auf und stellte seine leere Tasse in die Spülmaschine, Niklas folgte ihm mit der Kaffeetasse in der Hand über den Stationsflur.

Wie angekündigt wurden sie im Flur vor den breiten Flügeltüren bereits erwartet. Zumindest einer der Polizisten kam Niklas sofort bekannt vor.

»Doktor Thorsen. Ich hatte sehr gehofft, dass wir uns dienstlich nicht wiedersehen.« Peter Hauser reichte ihm zur Begrüßung die Hand. »Wo können wir uns denn ungestört unterhalten und Ihre Aussagen zu dem Übergriff vorhin aufnehmen?«

Doktor Dobners Aussage war rasch protokolliert worden, dann kehrte er wieder auf die Station zurück. Niklas blieb bei den Polizisten im Besprechungsraum sitzen und trank einen kleinen Schluck Kaffee.

Wieder und wieder lief sein Kampf mit Caroline vor seinem inneren Auge ab, während ihm die Schmerzen deutlich vor Augen führten, wie leichtsinnig er gewesen war. Caroline hätte ihn mit dem Messer schwer oder gar tödlich verletzen können.

Wie hatte er nur so bescheuert sein können, sie anzugreifen?

Hatte er in seiner Notarztausbildung denn gar nichts zum Thema Eigensicherung gelernt?

Wie hatte er dieses Risiko nur eingehen können, jetzt

wo Freja wieder schwanger war und zu Hause mit Elina
auf ihn wartete?

»Doktor Thorsen?« Peter Hausers Stimme riss Niklas
abrupt aus seinen Gedanken. »Sie haben sich vorhin in
große Gefahr gebracht, um Ihrem Freund das Leben zu
retten. Es war absolut leichtinnig, auch wenn ich Sie
verstehen kann.«

Niklas straffte die Schultern. »Was wollen Sie von mir
hören?«, fragte er erschöpft und strich sich mit der
freien Hand über die Prellmarke am Oberschenkel, die
dank seiner Blutverdünner schon ordentlich geschwol-
len war. Zuhause würde er die Prellung sofort kühlen.

Hauptkommissar Hauser hatte Niklas noch gebeten,
seine Aussage am Montag im Präsidium zu unterschreiben, und ihn dann gehen lassen.

Mit zusammengebissenen Zähnen humpelte Niklas zurück zur Intensivstation, um nach Frederik zu sehen.

»Soll Sie wirklich niemand durchchecken, Doktor Thorsen?«, fragte Sebastian Dobner besorgt und begleitete
Niklas zurück zum Patientenzimmer.

»Geben Sie mir ein paar Minuten allein mit ihm?«, bat
Niklas Frederiks behandelnden Arzt anstelle einer Ant-
wort und sank aufatmend auf den Hocker neben dem
Krankenbett.

»Ich bin in der Nähe.« Doktor Dobner nahm Niklas' inzwischen leere Kaffeetasse mit und schloss dann die
Schiebetür leise hinter sich.

»Du hast echt ein Händchen für Frauen«, bemerkte Niklas und nahm Frederiks rechte Hand in seine. »Carolina wird dir genommen und Caroline ist komplett verrückt. Ich wünsche dir sehr, dass du endlich zur Ruhe

kommst und das Leben wieder genießen kannst. Und was auch immer geschieht, Frederik, ich bin immer für dich da.«

Frederiks Brustkorb hob und senkte sich nur gleichmäßig im Rhythmus, den das Beatmungsgerät vorgab.

»Und ich verspreche dir noch etwas.« Niklas atmete tief durch, doch die Tränen stiegen ihm trotzdem in die Augen. »Ich werde mich meinen großen, gesundheitlichen Problemen stellen. Ich rufe bei Doktor Wrede an und lasse mir einen neuen Termin geben. Ich lasse ihn alle nötigen Tests durchführen. Ich werde mich an seine Behandlungsvorschläge halten. Und ich werde mit Freja über all das sprechen.«

Energisch wischte sich Niklas mit der freien Hand über die Wangen.

»Du hattest schon recht, als du gesagt hast, dass ich nicht mehr nur an mich denken darf. Ich habe Freja und Elina. Ich bin Ehemann und Vater mit der Verantwortung, jeden Abend wieder heil zu meinen Mädchen nach Hause zu kommen.« Niklas schniefte leise. »Ich darf nicht mehr so leichtsinnig sein. Aber eines versichere ich dir: ich würde mich jederzeit wieder vor dich werfen, um dein Leben zu retten. Du bist mein Bruder, Frederik.«

Unter stärker werdenden Schmerzen im Oberschenkel humpelte Niklas zum Parkplatz und setzte sich ächzend auf den Fahrersitz seines Wagens. Der Bluterguss im Muskel würde ihn für wenigstens ein paar Tage beschäftigen. Doch er war nichts verglichen mit dem, was Caroline ihm sonst hätte antun können.

Niklas' Gedanken kreisten immer noch um den Kampf

mit Caroline, auch als er zu Hause in der Tiefgarage parkte und mit dem Aufzug nach oben zu seiner Wohnung fuhr. Seine Hände zitterten leicht und machten es ihm schwer, den Schlüssel im ersten Anlauf in das Schloss der Wohnungstür zu stecken. Bevor er es jedoch erneut versuchen konnte, öffnete Freja die Tür.

»Wie siehst du denn aus?« Erschrocken musterte Freja ihn und legte ihm eine Hand an die Wange. »Ist Frederik ...« Sie brach ab, denn sie wollte diesen schrecklichen Gedanken gar nicht laut aussprechen.

Andeutungsweise schüttelte Niklas den Kopf. »Er lebt und ist stabil«, flüsterte er und humpelte an Freja vorbei in die Wohnung. Umständlich zog er sich Schuhe und Jacke aus und ließ sich dann aufatmend auf das Sofa sinken.

»Was ist los, Niklas? Wo hast du Schmerzen? Was ist im Krankenhaus bei Frederik passiert?«, fragte Freja beunruhigt und ging neben Niklas in die Hocke.

»Könntest du mir bitte den kalten Umschlag aus dem Eisfach holen?«, bat Niklas sie erschöpft und stopfte sich ein Kissen unter den rechten Oberschenkel.

Stumm kam Freja seiner Bitte nach und setzte sich dann neben dem Sofa auf den Teppich.

»Es war tatsächlich Caroline, die Frederik gestern auf dem Parkplatz niedergestochen hat«, berichtete Niklas schließlich stockend und schloss die Augen. »Sie war die ganze Nacht über auf der Flucht und hat sich heute Zutritt zur Intensivstation verschafft, um ihr Werk zu vollenden. Dafür hat sie einem Polizeibeamten von hinten den Schädel eingeschlagen und schwer verletzt, dann wollte sie mit dem Messer auf Frederik losgehen. Das konnte ich nicht zulassen und habe ihr

Paroli geboten.« Niklas atmete tief durch und strich sich über die schmerzenden Rippen.

»Du hast mit ihr gekämpft, obwohl sie mit einem Messer auf Frederik losgehen wollte?« Entsetzt riss Freja die Augen auf. »Niklas, das …«

»Ich weiß, es war unglaublich dumm und leichtsinnig und … in diesem Moment habe ich aber nicht nachgedacht, sondern einfach nur reflexartig gehandelt«, erklärte Niklas mit belegter Stimme und schlug die Augen wieder auf. »Ich konnte nicht zulassen, dass sie Frederik noch mehr antut.«

»Wie schwer hat sie dich verletzt?«, fragte Freja besorgt und richtete sich auf.

»Am Oberschenkel habe ich eine ordentliche Prellung, die wegen der blutverdünnenden Medikamente so ausgeprägt ist«, berichtete Niklas. »Und sie hat mich ordentlich an den Rippen erwischt. Die Narbe zieht ganz schön. Aber außer den Prellungen ist nichts passiert, das wird sich in ein paar Tagen deutlich bessern.« Andeutungsweise nickte Freja. »Und Frederik? Wird er es schaffen? Wie geht es ihm denn?«

»Ich habe vorhin mit seinem Arzt gesprochen. Caroline hat Frederik gestern fünf Mal in den Bauch gestochen und einige seiner Organe schwer verletzt. Die Notoperation verlief erfolgreich, jetzt müssen wir abwarten, wie sich sein Körper erholt.« Niklas räusperte sich, doch der Kloß in seinem Hals blieb. »Die Gefahr von Komplikationen ist hoch, vor allem, dass sich Entzündungen und Infektionen entwickeln. Sie werden Frederiks Zustand ganz genau beobachten.«

»Wir können also nur die Daumen drücken.« Freja gab Niklas einen Kuss auf die Wange. »Und was ist mit dir?

Kann ich dir noch etwas bringen? Oder soll ich dich eine Weile in Ruhe lassen?«

Niklas biss sich auf die Unterlippe und gab sich dann einen Ruck. »Bitte bleib, ich muss dir nämlich noch etwas anderes erzählen.«

»Okay.« Ein aufmunterndes Lächeln zeigte sich auf Frejas Lippen, während sie ihre Finger mit Niklas' Fingern verschränkte. »Worum geht es denn?«

Erneut atmete Niklas tief durch und verzog das Gesicht, weil seine Rippen dabei wieder schmerzten. »Es geht um meine Termine zuletzt bei Doktor Wrede«, begann er schließlich, mit der ganzen Wahrheit herauszurücken. »Nach meinem halbjährlichen Kontrolltermin hat Doktor Wrede weitere Termine angeordnet, weil sich meine Blutwerte drastisch verschlechtert haben. Darunter waren sowohl Entzündungsparameter als auch ein Kennwert, der in direktem Zusammenhang mit Thrombosen steht. Nachdem die erste Diagnostik keine frischen Thrombosen oder eine erneute Lungenembolie nachgewiesen hat, wurden meine Medikamente umgestellt. Wrede hat mich daraufhin krankgeschrieben, worüber ich mich bewusst hinweggesetzt habe, weil es mir körperlich an sich gut ging.« Niklas musste sich schwer zusammenreißen, um den Blickkontakt zu Freja nicht abzubrechen. Es tat ihm in der Seele weh, ihr all das gestehen zu müssen, doch das hatte er sich selbst eingebrockt. Er hätte eben von Anfang an mit offenen Karten spielen müssen, dann wäre ihm dieses Gespräch erspart geblieben.

Freja schwieg, doch Niklas entgingen die Tränen in ihren Augen keineswegs.

»Die nächsten Kontrolltermine haben mit neuen Medikamenten eine Verbesserung der Blutwerte gezeigt, doch Doktor Wrede war dennoch nicht zufrieden mit meinem Zustand«, fuhr Niklas mit belegter Stimme fort. »Er hat ein CT angeordnet und mir gewissermaßen ein Ultimatum gesetzt. Wenn ich bis gestern nicht mit den Ergebnissen der bildgebenden Diagnostik bei ihm in der Sprechstunde erscheine, meldet er mich in der Personalabteilung dienstunfähig. Durch die spontane zweite Schicht gestern habe ich diesen Termin versäumt und als Folge eine Nachricht von Wrede auf der Mailbox gehabt, dass er seine Drohung in die Tat umsetzen wird.«

»Ich verstehe das nicht.« Freja wischte sich mit der linken Hand über die Wange. »Wenn du das alles weißt und Wrede dir gewissermaßen die Pistole auf die Brust gesetzt hat, warum lässt du es überhaupt so weit eskalieren? Ist dir deine Gesundheit völlig gleichgültig? Ist es dir egal, was es mit mir oder Elina macht, wenn du eine neue Lungenembolie bekommst? Oder wie es der Kleinen und mir ergeht, wenn eine neue Embolie nicht mehr so glimpflich ausgeht wie deine erste?«

Betreten senkte Niklas den Blick. »Ich war davon überzeugt, dass sich Wrede irrt und dass ich meinen Körper schon richtig einschätze«, erklärte er niedergeschlagen. »Mit unserer Familie und auch im Beruf lief alles so richtig gut. Ich wollte schlichtweg nicht wahrhaben, dass ich die nächste Zwangspause machen muss.«

»Wie stellst du dir das jetzt weiter vor?«, fragte Freja tonlos. Schmerz spiegelte sich in ihren Augen. Allein dieser Anblick tat Niklas in der Seele weh, doch das hatte er sich selbst zuzuschreiben.

»Ich werde am Montagmorgen zu Doktor Wrede in die Ambulanz fahren und alle erforderlichen Tests durchführen lassen«, wiederholte er das Versprechen, das er zuvor schon Frederik gegeben hatte. »Ich werde seine Therapie befolgen und meinem Körper die Zeit einräumen, die er braucht, um zu heilen. Ich will wieder richtig gesund werden.«

»Und warum hast du dich mir nicht längst anvertraut?« Freja streichelte Niklas mit ihrer linken Hand über die Wange. »Warum hast du mir all das verschwiegen?«

Niklas schluckte schwer. »Ich habe mir ja selbst nicht eingestehen können, dass es mir gesundheitlich alles andere als gut geht. Und ich wollte nicht, dass du dir Sorgen wegen nichts machst.«

»Ich mache mir immer und jederzeit Sorgen um dich, du Sturkopf.« Freja küsste ihn auf den Handrücken. »Und ich werde dir helfen, wieder auf die Füße zu kommen und ganz gesund zu werden. Nur versprich mir bitte, ab jetzt immer ehrlich zu mir zu sein, wenn es um solche elementaren Themen geht.«

Hinweis: Die Erklärungen wurden nach bestem Wissen und Gewissen erstellt und erheben keinen Anspruch auf Vollständigkeit

Aneurysma	Aussackung eines Blutgefäßes
Braunüle	Andere Bezeichnung für einen Venenverweilkatheter
Corpuls-Gerät	Patientenmonitor und Defibrillator, kommt im Rettungsdienst zum Einsatz
CT	Computertomografie
D-Dimer-Wert	Blutwert, der direkt mit der Blutgerinnung zusammenhängt und ein Indiz für einen Gefäßverschluss sein kann
Defibrillation	Behandlungsmethode, bei der durch Stromstöße eine normale Herzaktivität wiederhergestellt werden soll

Dura	harte Hirnhaut, liegt direkt unter dem Schädelknochen
EKG	Elektrokardiogramm, visualisiert elektrische Vorgänge am Herzen
Embolie	Verstopfung eines Blutgefäßes durch körpereigene oder körperfremde Substanzen in der Blutbahn
Entzündungsmarker	Blutwerte, die auf eine Entzündung im Körper hindeuten
Fixateur externe	äußere Haltevorrichtung aus Stäben zur Fixierung von Bruchstücken, eine Form der Ruhigstellung bei Knochenbrüchen
Fraktur	(Knochen-) Bruch
Hämatom	Bluterguss, Ansammlung von Blut
Intubation	Einführen eines Beatmungsschlauches in die Luftröhre
Irreparabel	Nicht wiederherstellbar

Konsil	patientenbezogene Beratung
Kraniotomie	operatives Öffnen des Schädels
Lungenembolie	Verstopftes Blutgefäß in der Lunge
Minimalinvasive OP	Operation mittels kleinster Hautschnitte
Monitoring	Lückenlose Überwachung der Vitalparameter eines Patienten
Notarzteinsatzfahrzeug	Einsatzfahrzeug, das den Notarzt getrennt vom Rettungswagen zum Einsatzort bringt
OP	Operation
Patch	Kleines Implantat zum Verschließen von Öffnungen
Postoperativ	Nach einer Operation
Präoperativ	Vor einer Operation
Schock	Lebensbedrohliche Kreislaufstörung

Schockraum	Dient der Erstversorgung schwerverletzter Patienten
Stumme Embolie	(Oftmals eine kleinere) Embolie ohne Symptome
Talusfraktur	Bruch des Sprunggelenks
TEP	Totalendoprothese
Totalendoprothese	Künstlicher Gelenkersatz
Tubus	Beatmungsschlauch
UKE	Universitätsklinikum Eppendorf
Viszeralchirurgie	Chirurgie von Bauchraum und Bauchwand
Vitalwerte / Vitalparameter	Puls, Blutdruck, Sauerstoffsättigung
Volumenmangelschock	Schock durch großen Blut- oder Flüssigkeitsverlust
Zugang, venöser	Venenverweilkatheter, über den Medikamente direkt in den Blutkreislauf verabreicht werden können

Danksagung

Ich möchte mich von Herzen noch bei einigen, wichtigen Menschen bedanken, ohne die dieses Buch nicht möglich gewesen wäre.

Allen voran möchte ich mich bei meinem Mann bedanken. Ohne deine Geduld und die langen Schreibabende würde ich wohl heute noch tippen.

Ein großer Dank geht zudem an meine langjährige Schreibbegleiterin Lena. Danke für den Gedankenaustausch, die Kritik und die Inspiration.

Meine Testleser: Andrea, Claudia und Evi – ich weiß, ihr bekommt manchmal die abenteuerlichsten Entwürfe auf den Tisch. Danke für eure Unterstützung, Geduld und die langen Gespräche.

Das größte Dankeschön geht aber an Bernhard. Du gibst jedem Fehler sein eigenes Gesicht und schaffst es, meine Ideen sinnvoll umzusetzen.

Und nicht zuletzt gilt ein großer Dank allen Lesern und Buchbloggern, die nicht nur meiner Fehlerreihe eine Plattform geben und neue Ideen und Schreibansätze begleiten.

Bisher erschienen

**Die spannende FEHLER-Reihe rund um die Assistenz-
ärzte Niklas Thorsen und Frederik Hendriksson**

Anfängerfehler und **Folgefehler**: Zum Auftakt der
Reihe geraten Niklas und Frederik in den Sog eines gewaltigen Medizinskandals, der sie in akute Lebensge-
fahr bringt. Skrupellose Gegenspieler jagen die
Freunde, die schon bald niemandem mehr vertrauen
können.

Kunstfehler: Niklas' erster Fall nach seiner Rückkehr in
die Uniklinik lässt ihn nicht mehr los. Die Behandlung
nimmt eine dramatische Wendung und schon bald
wird Niklas selbst zum Angeklagten: Ist ihm etwa ein
Kunstfehler unterlaufen?

Systemfehler und **Rachefehler**: Eine noch offene
Rechnung mit einem alten Bekannten bringt Frederik
in große Gefahr, denn seinem Gegenspieler ist jedes
Mittel recht, um Gerechtigkeit wiederherzustellen.
Doch ausgerechnet jetzt hat Niklas ganz andere Sor-
gen. Auf wen kann Frederik jetzt noch zählen?

Weitere **Fehler-Krimis** sind in Arbeit!

Die dramatische BÜHNENFIEBER-Reihe rund um Musicaldarsteller Christian Rückert

Herzenssache: Christian könnte wunschlos glücklich sein: er darf seine Traumrolle verkörpern, feiert beruflich Erfolge in ganz Deutschland und hat obendrein seine große Liebe gefunden. Doch ein einziger Telefonanruf stellt Christians Leben auf den Kopf. Es entwickelt sich ein Kampf um Leben und Tod und auf einmal sind es für Christian nicht mehr die Bühnenbretter, die die Welt bedeuten.

Blutsbande (in Vorbereitung): Die Beziehung von Christian und Nicole hängt am seidenen Faden. Die ungeklärte Vaterschaftsfrage, zahlreiche Affären und Nickis Krankheit belasten die Partnerschaft. Können sie Baby Leon zuliebe wieder gemeinsam an einem Strang ziehen oder ist eine Trennung der einzige Ausweg?

Weitere **Bühnenfieber-Bände** sind in Arbeit!